22
(UND EINE HALBE)
FANTASTISCHE KURZGESCHICHTEN

Roger Kappeler

www.rogerkappeler.ch
copyright: Roger Kappeler, Embrach (CH)

Buchbegleitung: wortfeger.ch, Tanja Holzer
Grafik: Helenaa/Shutterstock.com
Umschlagdesign, Herstellung und Verlag:
BoD – Books on Demand, Norderstedt

1. Auflage 2019
2. Auflage 2021
3. Auflage 2024

ISBN 978-3-7494-1782-7
auch als E-Book erhältlich

Die Deutsche und Schweizer Nationalbibliotheken verzeichnen
diese Publikation in der Nationalbibliografie; detaillierte
bibliografische Daten sind im Internet über
ww.dnb.de und www.nb.admin.ch abrufbar.

Fantasie kennt keine Grenzen.

Alle sagten: «Das geht nicht!»
Dann kam jemand, der wusste das nicht,
und hat es einfach gemacht.

Nachwort zum Vorwort 9

Nachwort zum Vorwort

Da ich diese Zeilen erst ganz am Schluss schreibe, handelt es sich genaugenommen nicht um ein Vorwort, sondern eher um ein Nachwort. Zugegeben, diese Information ist jetzt vermutlich auch nicht sooo wahnsinnig wichtig für den zukünftigen Verlauf der Weltgeschichte.

Jedenfalls enthält das vorliegende Buch einen kunterbunten Strauß von – wie üblich – höchst kuriosen Geschichten. Diesmal habe ich gar nicht erst versucht, irgendetwas *Normales*, geschweige denn *politisch Korrektes* schreiben zu wollen, denn das gelingt mir ja sowieso nie. Dafür ist von witzig-spritzig über nachdenklich-philosophisch bis hin zu – sagen wir mal – leicht überdreht wohl so ziemlich alles vertreten.

Ein extra eingeflogenes Expertenteam, und zwar aus dem marzipanischen Schokoladengebirge im karamellisierten Hochland der Provinz Puddinghausen, meint Folgendes dazu:

Diese gentechnisch nicht manipulierten, glutenfreien Bio-Kurzgeschichten können getrost als völlig unbedenklich eingestuft werden. Sie sind demzufolge auch für Allergiker, Marsmenschen oder sogar als Gutenachtgeschichten für hyperaktive Haustiere geeignet.

Humorlose Schnarchtassen, selbsternannte Moralapostel sowie andere kleingeistige Miesepeter sollten jedoch besser die Finger davon lassen.

Nebenwirkungen:

Vorsicht, man könnte beim Lesen dieser Lektüre für eine Weile aus dem hektischen Alltag entschwinden und in wundersame Fantasiewelten entführt werden. Oder auch nicht ...

Mir hat es jedenfalls so einen Riesenspaß bereitet, solchen Schabernack zu erfinden, dass ich insgeheim bereits mit dem Gedanken spiele, einen zweiten Band mit derartigen Texten zu verfassen. Inspiration gibt es ja schließlich mehr als genug auf dieser Welt.

Und damit ich für dieses Projekt auch schön in Form bleibe, habe ich auf Anraten des marzipanischen Expertenteams sogar extra schon meine Ernährung umgestellt. Und zwar stehen die Kekse jetzt nicht mehr wie bisher links vom Laptop, sondern rechts davon.

Tja, mehr gibt es dazu momentan eigentlich nicht zu sagen. Deshalb: Vorhang auf für das Eröffnungskonzert vom unfreiwillig komischen Panikorchester.

1

Das Panikorchester

Mehr als zweitausend Leute rutschten erwartungsvoll auf ihren Sitzen umher, denn sie warteten gespannt auf den großen Auftritt des weltbekannten Orchesters. Es war das erste Mal überhaupt, dass dieses internationale Ensemble, bestehend aus allesamt erstklassigen Musikern, live vor Publikum auftrat. Aus diesem Grund waren auch einige Fernsehteams aus verschiedenen Ländern anwesend, um das ganze Spektakel zu filmen.

Doch leider war der Dirigent dermaßen aufgeregt, dass er alle Musiker mit seinem unkontrollierbaren Lampenfieber ansteckte. Noch bevor die Vorstellung überhaupt angefangen hatte, verwandelte sich das perfekt eingespielte Starorchester hinter den Kulissen allmählich in ein komplett chaotisches Panikorchester.

Als der nervöse Dirigent unter tosendem Applaus die Bühne betrat, stolperte er vor laufenden Kameras über ein Kabel und fiel platt auf die Nase. Als wäre dies nicht schon peinlich genug gewesen, rutschte ihm dabei auch noch die braungelockte Perücke vom Kopf. Beim hilflosen Versuch, sich während des Falls irgendwo abzustützen, krallte er sich instinktiv am nächstbesten Halt fest. Leider war dies ausgerechnet die Trompete des Musikers, der soeben in der vordersten Reihe des Orchesters seinen Platz eingenommen hatte.

Der stürzende Dirigent ohne Perücke riss dem verdutzten Trompetenmann bei dieser Aktion ungewollt sein Instrument aus den Händen, sodass es in hohem Bogen durch die Luft sauste und bei einer älteren Dame im Publikum direkt auf dem Schoß landete. Zu Tode erschrocken packte sie das fliegende Ding und schleuderte es zurück in Richtung Bühne. Dummerweise blieb die Trompete mitten in der Harfe hängen und zerriss sämtliche Saiten. Die zierliche Harfenspielerin kreischte entsetzt auf und fiel vor Schreck nach hinten, wo ihr Kollege mit der Tuba stand.

Um sein Instrument zu schützen, drehte sich der Tubamensch zur Seite, wobei er aus Versehen die konzentriert spielende Flötistin neben ihm anrempelte. Die riesige Tuba schlug frontal auf die winzige Flöte auf, sodass diese regelrecht in den Mund der armen Frau gedrückt wurde und ihr beinahe die Zähne einschlug.

«Pass doch auf, du Idiot», brüllte sie erzürnt und verpasste ihm im Affekt eine saftige Ohrfeige. Der ansonsten friedliebende Tubamensch fand es jedoch gar nicht witzig, sich vor allen Leuten zu blamieren. Aufgebracht packte er sein Ungetüm von einem Instrument und stülpte es der biederen Flötistin kommentarlos über den Kopf.

«Hilfe, ich kriege keine Luft mehr», röchelte die Frau verzweifelt.

Voller Panik sprang sie – immer noch mit der Tuba auf dem Kopf – hin und her, wobei sie über den Notenständer vor sich stolperte und mitsamt demselben quer über das Klavier in der vordersten Reihe des Orchesters plumpste. Dabei löste sich zwar glücklicherweise die Tuba von ihrem Kopf, gleichzeitig jedoch entriegelte sie die hölzerne Stange, die den seitlich aufgeklappten Flügel des edlen Klaviers stützte. Mit einem krachenden Geräusch klappte der schwere Deckel zu und klemmte der Pianistin, die das Schlimmste verhindern wollte, die Finger ein.

«Auuaa», brüllte sie aus voller Kehle, «du bekloppte Hohlbirne. Mein schönes Klavier ... meine Finger ... na warte, das werde ich dir heimzahlen.»

Wie eine Furie sprang sie der Flötistin an die Gurgel, zerzauste mit einer Hand ihre perfekt gestylte Frisur, und zerkratzte ihr mit der anderen gleichzeitig das sorgfältig geschminkte Gesicht. Doch die war mittlerweile dermaßen sauer, dass sie ihrer (ehemaligen) Kollegin kommentarlos eine knackige Kopfnuss verpasste.

Die restlichen Mitglieder des Orchesters versuchten indessen angestrengt, zumindest äußerlich einigermaßen den Schein von Normalität aufrechtzuerhalten, indem sie, so gut es ging, einfach weiterspielten.

Aber die irgendwie leicht missglückte Vorstellung war natürlich nicht mehr zu retten. Einige Zuschauer verließen empört den Saal, während sich andere einfach nur kaputtlachten. Inzwischen hatte sich der Dirigent wieder einigermaßen aufgerappelt und seine Perücke aufgesetzt – dummerweise jedoch verkehrt herum.

Das sah dermaßen urkomisch aus, dass einer der anwesenden Reporter einen so heftigen Lachanfall bekam, dass sein sonst schon schwaches Herz versagte und er mitten auf der Bühne zusammenbrach. Gleichzeitig löste der Toningenieur am Mischpult aus Versehen einen Kurzschluss aus, sodass aus einigen über den Köpfen der Zuschauer hängenden Kabeln hell gleißende Funken heraussprühten.

Wenige Minuten später wimmelte es in der Halle nur so von Sanitätern, Feuerwehrleuten und Sicherheitsbeamten. Überall herrschte das pure Chaos, während das zirkusreife Panikorchester bis zum bitteren Ende tapfer weiterspielte. Abgesehen natürlich von der Pianistin mit dem kopfnussigen Brummschädel, der Flötistin mit den halb eingeschlagenen Zähnen sowie dem Tubaspieler, dessen Instrument ebenso im Eimer war wie die Harfe seiner immer noch schluchzenden Kollegin. Doch bereits am nächsten Morgen war die hübsche kleine Rauferei vergessen und alle Mitglieder des Panikorchesters hatten sich wieder furchtbar lieb.

Alle?

Nur der Dirigent fühlte sich ein bisschen verarscht, als man am darauffolgenden Tag plötzlich überall Imitationen seiner Perücke als Scherzartikel kaufen konnte. Als beim nächsten Konzert alle Musiker seines Orchesters ebenfalls eine solche Perücke trugen, reagierte er jedoch ganz cool. Denn als Antwort auf diese dezente Provokation ließ er sich noch in derselben Nacht einen riesigen, ausgestreckten Mittelfinger hinten auf seine Glatze tätowieren.

So ging das Spiel jeden Tag weiter, bis am Ende der *Nur keine Panik*-Tournee schließlich alle Mitglieder des einst braven Orchesters aussahen wie die ausgeflipptesten Freaks: mit bunten Haaren, Tätowierungen, Piercings und weiß der Kuckuck was. Und wenn sie nicht gestorben sind, dann veräppeln sie sich noch heute ...

Der antilopische Anti-Epilog

(in voraussichtlich drei Akten)

Akt 1: Der unlogische Prolog zum epischen Antilog

In der chinesischen Stadt Luzhan ist am Donnerstag ein Sack Reis umgekippt. Nach offiziellen Angaben bestand zu keiner Zeit eine Gefahr für die Bevölkerung.

«Wir haben schon lange mit so einer Situation gerechnet, deshalb waren wir vorbereitet», gab der Sprecher der amtlichen Nachrichtenagentur Xinhua zu Protokoll. Zeugen berichten von einem fast geräuschlosen Ereignis.

Akt 2: Das vereichte Hexhörnchen

Dieser ominöse Sack Reis in China war natürlich nicht einfach so rein zufällig umgekippt – oh nein, da steckte einiges mehr dahinter, wie wir gleich erfahren werden. Genauer gesagt, ein verhextes Eichhörnchen namens Fräulein Ragusa.

Weshalb das arme Ding verhext war? Nun ja, Fräulein Ragusa hatte dem knorzigen Miesepeter Sir Rasputin einen üblen Streich gespielt, indem sie einen rosaroten Elefanten in seinem Porzellanladen versteckt hatte. Bei dieser Aktion waren leider einige ziemlich wertvolle chinesische Vasen zu Bruch gegangen.

Das fand der griesgrämige Miesepeter jedoch nicht so lässig, deshalb schwor er sich Rache. Mithilfe des Schwarzmagiers Hexerich Heinrich legte Sir Rasputin darauf einen Fluch über das freche Eichhörnchen Ragusa:

«Bei Hexenkraut und Gänsewein, ab sofort sollst du Legastheniker sein», murmelte der fiese Hexerich Heinrich beschwörend in seine billige Jahrmarkt-Kristallkugel aus zweiter Hand.

«Der Fluch wird erst eliminiert, sobald jemand einen umgekippten Sack Reis in China registriert.»

Von diesem Moment an konnte das verhexte Eichhörnchen nicht mehr richtig sprechen und verdrehte fortan fast alle Wörter.

Darauf trommelte Fräulein Ragusa schnurstracks alle Freunde des Waldes zusammen, und alle kamen herbeigeeilt: der Rätselfuchs und die Grinsekatze, der Frechdachs und die prominente Ente, der komische Kauz sowie der berühmt-berüchtigte Partylöwe Schnurrli. Sogar der eigenbrötlerische Yogi-Bär und der gestiefelte Kater, dieser eitle Kerl, ließen sich blicken. Lediglich der Angsthase Hoppeldihopp und Flixa, die beleidigte Leberwurst, blieben dem Treffen fern.

«Ich, das vereichte Hexhörnchen, habe folgende Bitte an euch», verkündete Ragusa vor der versammelten Menge. «Der gemeine Knorrenpeter Miesli hat mich von Hexerich Heinrich verzaubern lassen, weil ich einen rosaroten Porzefanten in seinem Eledalladen versteckt habe. Ich bin erst dann wieder geheilt, wenn ich einen Kackscheiß, ich meine, einen Sack Reis in China, umgekippt habe. Hat jemand von euch genug Mumm in den Knochen, um mich auf dieser Reise zu begleiten?»

Die Waldtiere kratzten sich verwirrt am Kopf, denn sie dachten, das sonst schon etwas schräge Eichhörnchen sei nun komplett verrückt geworden. Alle lachten verstört vor sich hin, nur der gestiefelte Kater erkannte den Ernst der Lage und meldete sich freiwillig für die heikle Mission.

«Ich mag vielleicht eitel sein, aber im Grunde meines Herzens bin ich ein gutes Kätzchen!», rief er voller Inbrunst in die Menge. «Auf in den Kampf!»

«Danke, du bist ein echter Freund, verkaterter Stiefel», entgegnete das legasthenische Eichhörnchen erfreut. «Wir werden sogleich im Kino erbrechen ... ich meine natürlich, nach China aufbrechen.»

Darauf jubelten alle Waldtiere und der Partylöwe Schnurrli ließ sofort die Korken knallen.

«Lasst uns feiern, Party Animals, denn wer weiß schon, was morgen sein wird.»

Die meisten Tiere hatten ihre helle Freude an diesem speziellen Tag, nur der komische Kauz fand das Ganze irgendwie komisch. Und die beleidigte Leberwurst Flixa beobachtete das bunte Treiben – wie immer beleidigt – aus sicherer Entfernung.

Akt 3: Der verkaterte Stiefel nervt

Die Reise nach China verging wie im Flug. Genaugenommen flogen die beiden Abenteurer ja auch. Und zwar in einem ausgedienten Kühlschrank, der von dem fliegenden Wal namens Knut durch die Lüfte geschleppt wurde.

Ein fliegender Wal? Yep, ihr habt schon richtig gelesen. Denn schließlich ist in diesem antilopischen Anti-Epilog nur das Bekloppteste bekloppt genug.

Aber egal, Ernst beiseite, weiter geht's.

Weil das legasthenische Eichhörnchen den fliegenden Wal Knut unabsichtlich immer *die knurrende Fliege Ruth* nannte, war dieser schon nach kurzer Zeit ziemlich angepisst.

«Weißt du was, du doofes Pelztier? Wenn du mich ständig nur veräppelst, dann such dir doch einen anderen Trottel, der dich nach China bringt!», brummelte der gekränkte Wal missmutig und setzte den Kühlschrank kurzerhand irgendwo im Niemandsland ab.

Genauer gesagt mitten in einem bunt gemischten Blumenbeet, bestehend aus kuriosen Rosen, rigorosen Mimosen, verwelkten Nelken und mondsüchtigen Sonnenblumen. Außerdem gab es da noch eine erwürgte Würgeschlange. Sie hatte sich aus Versehen selbst erwürgt, als sie mit dem linken Ohrläppchen am verbotenen Strauch mit den zerstreuten Streuwürzen hängengeblieben war. Nachdem ihr der aus heiterem Himmel niedersausende Kühlschrank noch komplett den Rest gegeben hatte, war die arme Schlange so platt wie ein überfahrener Brotaufstrich.

Wie sich leider bald herausstellte, entpuppte sich

der gestiefelte Kater als absolut unerträgliche Nerven-säge. Dieser penetrante Intellekt-Vorgaukler hatte un-gefähr dasselbe immens große Mitteilungsbedürfnis wie tausend tratschsüchtige Friseurinnen zusammen.

Deshalb blieb dem verhexten Eichhörnchen Ragu-sa nichts anderes übrig, als Klartext zu sprechen:

«Hey, verkaterter Stiefel, könntest du bitte nicht einmal für wenigstens fünf Minuten die Luken dicht-machen? Dein ständiges inhaltleeres Geplapper geht mir nämlich mächtig auf den Keks.»

«Oh, apropos Kekse», plapperte der Kater munter drauflos. «Ich könnte Benzin zersägen vor Hunger. Soll ich uns eine frische Gemüsesuppe stricken, oder eine Portion Erdbeerquark aus dem See da drüben fi-schen? Oder wollen wir doch lieber die erwürgte Wür-geschlange ausbuddeln und aufs Brot schmieren?»

«Aaahh, du machst mich noch wahnsinnig!», platzte Ragusa der Kragen. «Niemand wird hier aus-gebuddelt, kapiert? Und schon gar nicht die erschlang-te Würgewürg, verflixt und zugenäht ..., ich will jetzt endlich einen Sack Reis finden, damit ich ihn umkip-pen und wieder normal sprechen kann.»

Nach einem Gläschen frisch gepresstem Baumrin-densaft hatte sich Fräulein Ragusa wieder einigerma-ßen beruhigt und die beiden zogen gestärkt weiter.

Time out

Vor lauter epilogisch-unlogischem Blödsinn habe ich jetzt den (nicht vorhandenen) roten Faden verloren.

Sind die zwei nun schon in China angelangt oder

nicht? Wieso verliert man eigentlich immer einen roten Faden und nie einen blauen? Und überhaupt, was schreibe ich da für wirres Zeug?

Hmmh, was soll's.

Tun wir einfach mal so, als wären die beiden in China, ich hätte den roten Faden wiedergefunden und die Geschichte sei nicht wirr, sondern lustig.

Oh, jetzt habe ich übrigens gerade gemerkt, dass die Story wohl oder übel doch mehr als drei Akte beinhalten wird ...

Akt 4: Showdown in China

Nach einer Weile erblickten die zwei plötzlich eine ziemlich staubige Staubwolke, die wie aus dem Nichts am Horizont auftauchte.

«Mist, das ist bestimmt ein Tornado!», rief das Eichhörnchen entsetzt. «Schnell, bringen wir uns in Sicherheit!»

Doch kaum hatten sie sich hinter einem halbvertrockneten Kaktus versteckt, wurden sie von der Staubwolke buchstäblich überrollt. Nachdem sich der Staub wieder einigermaßen aus dem Staub gemacht hatte, stand auf einmal bedrohlich eine hellblaue Antilope vor ihnen. Und zwar nicht irgendeine beliebige Antilope, oh nein, sondern es handelte sich um Anti, die allseits gefürchtete Anti-Antilope.

«Hola, Gringos, ich bin der Anti, die schreckliche Anti-Antilope!», sprach er mit dröhnender Stimme. «Wo immer ich auftauche, taucht auch die alles vernichtende Staubwolke des Todes auf. Also nehmt euch lieber in Acht, verstanden?»

«Wow, ist das wahr?», entgegnete Fräulein Ragusa bewundernd. «Sind Sie wirklich der schrecklich berühmte Shanti, der antiseptische Hobby-Pathologe? Ich habe schon viel von Ihnen und Ihrer Wolkenstube des Grauens gehört.»

«Sag mal, willst du mich etwa verscheißern, du miese kleine Pelzratte?», schnaubte Anti empört. «Niemand nennt mich Shanti. Und erst recht beleidigt niemand ungestraft meine treue Wolkenstube äh ... Staubwolke. Sonst kippe ich euch um wie einen Sack Reis, kapiert?»

«Sack Reis? Haben Sie soeben Sack Reis gesagt?»

«Jawohl!», brüllte die hellblaue Anti-Antilope mit stolzgeschwellter Brust. «Schließlich bin ich seit Jahren der unangefochtene Weltmeister im Reissack-Umkippen.»

«Reismeister im Welt-Umsacken?», wiederholte das legasthenische Eichhörnchen nervös.

«Neeein!», wieherte Anti genervt. «Sackmeister im Kipp-Umreißen. Ich meine Reiskippe im Sack-Umwelten, verdammt, du machst mich noch völlig irre mit deinen dauernden Wortverdrehereien. Kannst du nicht einfach die Klappe halten?»

«Gerne, wenn du uns als Beweis für deine überantilopischen Fähigkeiten einen Sack Reis umkippst», mischte sich der gestiefelte Kater diplomatisch ein, «dann können wir zufrieden wieder nach Hause fahren. Wir sind nämlich große Fans von dir.»

Nun fühlte sich der antilopische Bösewicht auf einmal geschmeichelt, denn normalerweise interessierte sich nie jemand für ihn. Die anderen Antilopen lachten ihn immer nur aus, weil er hellblau war. Deshalb hatten sie ihm auch den lächerlichen Übernamen *Anti-Antilope* verpasst.

«Na schön, setzt euch auf meinen Rücken», sagte Anti etwas freundlicher. «Dann werde ich euch mal zeigen, was so ein Wirbelwind wie ich so alles auf dem Kasten hat.»

Wenig später wirbelte Anti mit seinen zwei Passagieren durch die chinesische Steppe und die Staubwolke des Todes kippte sämtliche Reissäcke in der ganzen Gegend um. Den allerletzten Sack in der Stadt Luzhan durfte schließlich Fräulein Ragusa umschmeißen. Im selben Augenblick spürte das verhexte Eichhörnchen, wie ein schwerer Druck von seinem Brustkorb wich.

«Hurra, ich kann wieder frei atmen und richtig sprechen», jauchzte Ragusa überglücklich, «und das alles dank meiner beiden Freunde, dem gestiefelten Kater und Anti, dem antilopischen Anti-Antilopen!»

Dadurch, dass Anti zum ersten Mal in seinem Leben wahre Freunde gefunden hatte, wich ebenfalls ein gewaltiger Druck von seiner angeknacksten Psyche und sein hellblaues Fell nahm wie durch ein Wunder wieder seine ursprüngliche Farbe an.

«Yippiiee, auch ich bin wieder geheilt!», posaunte er freudig in die Welt hinaus. «Ab heute will ich mich nicht mehr Anti nennen, sondern Pro. Der Prototyp einer neuen Generation von Antilopen und Retter der Hilfsbedürftigen. Die Staubwolke des Todes soll von nun an Wolkenstaub des Lebens heißen und nur noch Gutes vollbringen.»

«Und ich verspreche, dass ich mir Mühe gebe, zukünftig nicht mehr so eitel zu sein und nicht immer alles besser wissen zu wollen», fügte der gestiefelte Kater mit treuherzigem Blick hinzu.

Danach feierten die drei Freunde bis tief in die Nacht hinein. Sie lachten, sangen und tanzten, bis sie von einem dumpfen Geräusch jäh aus ihrer Partystimmung herausgerissen wurden.

Einige Meter neben ihrem Lagerfeuer entdeckten sie schließlich Knut, den fliegenden Wal, der soeben eine deftige Bruchlandung hingelegt hatte. Auf seinem Rücken war noch immer der klapprige alte Riesenkühlschrank festgebunden.

«Guten Abend allerseits», meinte Knut trocken. «Als Entschuldigung für mein unangebrachtes Verhalten von heute Morgen habe ich eine kleine Überraschung für euch.»

Daraufhin öffnete sich die Kühlschranktür und heraus hüpften strahlend der rätselhafte Rätselfuchs, der unrätselhafte Frechdachs, die wundersame Grinsekatze und natürlich der Partylöwe Schnurrli. Zum großen Erstaunen waren sogar die beleidigte Leberwurst Flixa sowie der Angsthase Hoppeldihopp mit an Bord.

«Wir sind die Freunde des Waldes!», rief Flixa ungewohnt fröhlich. «Wir halten stets zusammen und gehen gemeinsam durch dick und dünn. Dank euch habe ich gemerkt, dass es ziemlich uncool ist, ständig beleidigt und mürrisch zu sein.»

«Und ich habe es satt, ewig ein Angsthase zu sein», verkündete Hoppeldihopp mit geballten Pfoten. «Das Leben ist viel zu kurz, um sich die ganze Zeit unnütze Sorgen zu machen.»

Euphorisch wie noch nie zuvor holte er eine elektrische Gitarre aus dem Kühlschrank, stülpte sich eine rosarot gelockte Perücke über und legte ein wildes Heavy-Metal-Solo aufs Parkett, während Flixa in völlig schiefer Tonlage dazu jodelte. Gleichzeitig hüpfte wie auf Kommando ein Rudel übermütiger Waschbären mit schwarzen Sonnenbrillen aus dem Busch und stürmte die improvisierte Tanzfläche mit seinem feurigen Bärentango.

Selbst der wie eine Discokugel glitzernde Vollmond jauchzte vor Freude und machte einen Salto nach dem anderen, bis ihm schwindlig wurde und er die ganze Milchstraße vollkotzte, bevor er vor Erschöpfung einpennte. Nach dieser gelungenen Party saßen die lustigen Gesellen noch die ganze Nacht am Lagerfeuer und erzählten sich abenteuerliche Geschichten. Doch die verrückteste aller Geschichten hatten sie selbst soeben erlebt.

Bei diesem Gedanken konnte sich sogar die sonstige Spaßbremse, Knut der Wal, ein heimliches Grinsen nicht verkneifen. Und noch bevor die Morgensonne am Horizont aufging, war Knut sogar dermaßen inspiriert, dass er beschloss, in Zukunft Walnüsse zu züchten und nach China zu exportieren. Somit ist nebenbei auch gleich geklärt, woher die Walnüsse ihren Namen haben.

3

Süpermän und Dünüld Dück

Quizfrage:
Was macht Superman eigentlich, wenn er nicht gerade die Welt rettet?

a) Dann rettet die Welt Superman.
b) Er sitzt brav zu Hause und löst Kreuzworträtsel.
c) Er vermasselt fremde Geburtstagspartys.

Zu gewinnen gibt es ein romantisches Nachtessen mit Süpermän, Dünüld Dück und seiner reizenden Groß-mutter (das allerdings selber organisiert werden muss ...).

Freitagabend, irgendwo über dem Pazifischen Ozean. Superman hatte an diesem Tag wieder einmal die Welt vor dem Bösen gerettet, doch nun war endlich Feier-abend. Eine fröhliche Melodie vor sich hin summend flog er gerade über eine Insel, als ein totales Blackout plötzlich sein ansonsten eigentlich sehr ausgeprägtes Denkvermögen lähmte. Dummerweise hatte Super-man ausgerechnet an diesem Tag sein Navigationssys-tem zu Hause vergessen, und nun fand er den Heim-weg nicht mehr.

«So ein Mist aber auch», dachte er verärgert, «in letzter Zeit vergesse ich alles. Muss wohl das Alter

sein. Nun versäume ich womöglich noch die Geburtstagsparty von meinem Cousin.»

Kurz entschlossen setzte er zum Sinkflug an, um
sich auf dieser winzigen Insel nach dem Weg zu er-
kundigen.

«Hallo, Sie ... entschuldigen Sie bitte», quatschte
er den erstbesten Passanten an, «könnten Sie mir vielleicht sagen, in welcher Richtung Amerika liegt?»

«Aber klar doch, Herr Superman. Immer gerade-
aus, bis das Meer aufhört. Danach einfach links ab-
biegen und schon sind Sie dort.»

Dank diesem Hinweis schaffte es unser Superheld
doch noch rechtzeitig an die Geburtstagsfeier von seinem türkischen Cousin Dünüld Dück.

«Süpermän», begrüßte ihn dieser mit seinem charmant türkischen Akzent, «es freut mich sehr, dass du
doch noch gekommen bist.»

Zufälligerweise stand Batman, der Erzfeind von
Superman, nebenan und hörte das Gespräch mit.

«Süpermän?», spottete er vor allen Leuten. «Hast
du dir etwa einen neuen Namen zugelegt? Das ist ja
süper, Män.»

«Ich heiße immer noch Superman, Blödarsch.»

«Also wie jetzt? Superman oder Blödarsch?»

«Superarsch ... äh ... Blödmann. Ach, verdammt
noch mal, ich meine natürlich ...»

Während Superman knallrot anlief und sinnloses
Zeug vor sich hin stotterte, lachte sich Batman kaputt
vor Schadenfreude. Er liebte es, seinen Berufskollegen
zu ärgern, und wieder einmal war es ihm gelungen,
ihn vor aller Welt megamäßig zu blamieren.

«Hey, Süperarsch, schau mal, was ich da habe»,

doppelte der fiese Batman nach, der nun so richtig in Fahrt kam, «eine CD mit deiner Lieblingsmusik. Japanische Waldgeräusche aus dem 18. Jahrhundert, haha. Genau das Richtige für einen senilen Warmduscher wie dich, oder?»

Nun wurde es Superman allmählich zu bunt. Auf gar keinen Fall wollte er sich vor seinem Cousin Dünüld Dück zum Gespött machen lassen.

«Ach ja?», erwiderte er demonstrativ laut, sodass ihn alle Anwesenden hören konnten. «Ich habe auch ein Geschenk für dich, du eingebildeter Lackaffe. Und zwar einen Topf voll abgestandener Fledermauskacke. Das magst du doch am liebsten, nicht wahr?»

Ehe Batman etwas erwidern konnte, schnappte Superman blitzschnell die riesige Schüssel mit dem Schokoladenpudding vom Buffet und schleuderte ihm die klebrige Masse mitten in die Fresse.

«Da hat es bestimmt haufenweise Dikaliumphosphat, Maltodextrin und sonstige feine Chemikalien drin. Das gibt Muckis, die du dürres Fledermausmännchen dringend benötigst. Oder soll ich dich statt Batman lieber *Shitman* nennen? So beschissen, wie du gerade aussiehst.»

Nun hatte Superman die Lacher auf seiner Seite, doch Batman schäumte vor Wut (und Pudding).

«Na warte, Freundchen, das wirst du mir büßen», knurrte er stinksauer.

Kurz darauf war eine wilde Rauferei im Gange, bei der alle fleißig mitmischten. Sogar die schwerhörige Großmutter von Dünüld schwang sich in bester Tarzan-Manier enthusiastisch von Kronleuchter zu Kronleuchter durch den Saal. Batman und Superman zerkratzten sich gegenseitig die Visage und rissen sich kreischend wie kleine Mädchen an den Haaren. Die anderen Gäste klatschten sich unterdessen laut grölend Torten ins Gesicht und bombardierten einander mit Gummibärchen und Keksen, bis das eben noch schön hergerichtete Dessertbuffet völlig im Eimer war.

Alle hatten einen Riesenspaß, nur der smarte Gastgeber Dünüld Dück schlug entsetzt die Hände über dem Kopf zusammen.

«Hilfe, ich habe mich im kollektiven Karma der dritten Dimension verfangen», jammerte er laut vor sich hin, «was soll ich bloß tun?»

Doch seine Worte gingen im allgemeinen Getöse unter und einen Augenblick später traf ihn ein Bombenhagel aus gerösteten Erdnüssen. Als er sich bei der zweiten Angriffswelle ducken wollte, rutschte der Pechvogel in einer Pfütze aus Coca-Cola aus und blieb mit der Zunge auf dem feuchten Boden kleben.

In diesem fürchterlichen Getümmel bekam der sonst schon zartbesaitete Dünüld vor lauter Schreck völlig wahnwitzige Halluzinationen. Oder halluzinatorisch-unwitzige Wahnvorstellungen? Na ja, egal, auf jeden Fall war er komplett irre.

«Ich sehe Stimmen», fantasierte er im Delirium, «ich höre die Sterne leuchten. Könnt ihr das laute Glitzern der Karawane riechen, die gerade vorbeizieht?»

«Welche Karawane?», fragte Superman verwirrt, während er Dünüld wieder auf die Beine half. Doch der schwebte mittlerweile in völlig anderen Sphären. Was natürlich auch an der Cola lag, welcher der hinterhältige Batman heimlich einige nicht ganz legale, psychedelische Zusatzstoffe beigefügt hatte, welche

die Gehirnfunktionen des Konsumenten massiv be-
einträchtigen.

«Die Karawane der tapferen Radieschen», murmelte Dünüld verpeilt, «sie bringen frisches Brot
in den Stall, aber der Osterhase versperrt ihnen den
Weg, weil sein Zahnschmelz ein tätowiertes Joghurt
im Bikini der linksradikalen Pelikanfamilie versteckt
hat. Wieso hilft ihnen niemand? Wo bleibt die zartbit-
ter-verwilderte Schlumpfherde mit den zartwild-ver-
bitterten Kochrezepten?»

Nun kapierte Superman überhaupt nichts mehr.
Jedenfalls hatte er endgültig die Nase voll von dieser
kaputten Geburtstagsparty.

«Weißt du was?», teilte er seinem Cousin mit.
«Solche Anlässe sind definitiv nichts für mich. Ich
gehe lieber ein bisschen die Welt retten. Irgendjemand
da draußen braucht sicher meine Hilfe. Mach's gut.»

«Grüß die hellblaue Waschmaschine von mir»,
halluzinierte Dünüld munter weiter, «und wenn die
Tauben im Schnee Kuchen essen, flieg einfach weiter
nach Süden. Denn die Pinguine in Thailand mögen
keine gefrorenen Haferflocken. Vor allem nicht am
Mittwoch vor dem Sonntag, außer im Mai. Oh, und
noch etwas. Falls sich die kokosnussigen Bananen unterwegs als veräpfelte Birnen verkleiden sollten, dann
...»

«Ach, halt doch einfach die Klappe, du Spinner»,
unterbrach ihn Superman genervt.

Dann ballte er verwegen die Hand zur Faust und
flog mit ausgestrecktem Arm mitten durch die Decke
des Gebäudes, so wie es eben nur Superman hinkriegt.
Bei diesem klassisch-filmreifen Abgang hörten die

Leute augenblicklich auf zu randalieren und klatschten ihm spontan Beifall.

«Wow, ist der super, Mann», riefen sie begeistert. So war er also doch noch zum Minihelden des Abends geworden und konnte seinem Ruf als coole Sau wieder einmal gerecht werden. Zum Glück bekam niemand mit, wie Superman im oberen Stockwerk dummerweise genau mitten durch die Toilettenschüssel sauste und anschließend mitsamt der Klobrille um den Hals durch die Gegend flog, während er im wahrsten Sinne des Wortes ziemlich angepisst aus der Wäsche guckte. Na ja, niemand ist perfekt, auch Superhelden nicht.

Und Batman? Der hockte frustriert unter dem Tisch und schlurfte aus Versehen von seinem selbst präparierten Gebräu, bis ihm plötzlich hundeelend wurde. Um sich etwas Linderung zu verschaffen, wischte er sich das Gesicht mit einem zufällig im kühlen Wasser einer Blumenvase herumschwimmenden Lappen ab. Leider merkte er erst zu spät, dass es sich dabei um die verfurzten Unterhosen von Dünülds schwerhöriger Großmutter handelte, die sie bei ihrer wilden Tarzan-Show vorhin verloren hatte. Tja, selber schuld. Wer anderen eine Grube gräbt, muss halt damit rechnen, selbst hineinzufallen.

4

Picknick im Park

Ein junger Mann namens Mark
pickte ein Knick in einem Park.

Plötzlich kam ein Wächter mit einer Uniform, einer roten.
«Hallo, Sie. Picknicken ist hier strengstens verboten.»

«Aber wieso? Ich parke ja kein Pick im Knick, sondern stücke bloß früh.
Das bereitet Ihnen doch keine Müh.»

«Hier wird auch nicht stüh gefrückt»,
knurrte der irre Wächter ganz verrückt.

«Wie? Nicht einmal einen harmlosen Quark?»,
erwiderte der erstaunte Mark.

«Nein, auch für das Quarken von verfrühtem Stück muss ich Ihnen eine Buße verpassen»,
brüllte der Parkwächter, offenbar von allen guten Geistern verlassen.

Irritiert verpackte Mark seinen Quark
und verließ kopfschüttelnd den Park.

Kaum war der ungebetene Gast verschwunden,
zog der Aufseher weiter gemäß Vorschrift seine Runden.
Voller Stolz strich er mit den Händen über seine Uniform, die rote,
dann verkroch er sich ins Gebüsch und verschlang gie-
rig zwei belegte Brote.

Die Moral von diesem Quark?
Knicke nie ein Pick in einem Park!

5

Der Clown, der vergessen hat, wie man lacht
Teil 1

Es war einmal ein Clown namens, sagen wir, ähm, Fufu. Eines schönen Morgens stellte der kleine Scheißer mit der bekloppten roten Nase und der lächerlichen Spielzeugpistole entsetzt fest, dass der kindliche Schalk sowie das einstmals schelmische Leuchten in seinen Augen sozusagen über Nacht verschwunden waren. Verzweifelt schnitt Fufu ein paar komische Grimassen vor dem Spiegel, um sich selbst etwas aufzuheitern.

Aber es war zwecklos, die Fröhlichkeit war einer unerklärlichen, melancholischen Schwermut gewichen – der arme Clown hatte vergessen, wie man lacht.

Als Fufu beim Frühstück lustlos die Zeitung durchblätterte, entdeckte er zufällig ein winziges Inserat.

Du hast es satt, ein trostloses Dasein im grauen Alltag zu fristen? Genug davon, ein biederer Durchschnittsbürger in der seelenlosen Plastikarmee unserer Gesellschaft zu sein? Dann zögere nicht und melde dich gleich bei uns: die Humorschule.

«Ha! Genau das ist es, was ich jetzt brauche», murmelte der arbeitslose Clown mit neuer Hoffnung erfüllt vor sich hin. Ehe er sich versah, hatte er bereits die im Inserat erwähnte Telefonnummer gewählt.

Noch am selben Nachmittag saß unser Kollege Fufu, zusammen mit ein paar anderen interessierten Neulingen, in der gemütlichen Empfangshalle dieser ominösen Humorschule. Alle rutschten leicht nervös auf ihren Stühlen hin und her und warteten mit gespannter Miene, was nun geschehen würde. Von einer gelösten oder gar lustigen Atmosphäre war in diesem Moment absolut nichts zu spüren.

Plötzlich ging mit einem energischen Ruck die Tür auf und herein platzte eine dicke, nicht gerade freundlich dreinblickende Frau mit abgewetzten Klamotten. Nachdem sie die Tür hinter sich heftig zugeknallt hatte, blieb sie mit verschränkten Armen und misstrauisch zusammengekniffenen Augen vor der versammelten Menge stehen.

«Na, was glotzt ihr so blöd, ihr Pfeifen?», herrschte sie die völlig verdutzten Menschen barsch an.

Da sich niemand getraute, auch nur einen Mucks von sich zu geben, fuhr dieses charismatische Koloss von einem Menschen unbeirrt mit seiner absichtlich provokativen Begrüßungsrede fort.

«Ich bin Mona Lisa, die Chefin von diesem elenden Saftladen hier. Ihr wisst schon, die berühmt-berüchtigte, einzigartige Humorschule. Man hat mir schon unzählige Übernamen verpasst, wie zum Beispiel: *die miese Breitrübe*, *der unwiderstehliche Widerling*, oder schlicht und einfach *Mona Pizza*, um nur einige davon zu nennen.»

Darauf mussten einige der irritierten Zuhörer diskret schmunzeln. Denn offensichtlich handelte es sich bei diesem rabiaten Ungetüm nicht etwa um einen bösartigen, menschenfressenden Yeti aus der Wildnis

Alaskas, sondern bloß um eine ziemlich gute und zudem herrlich selbstironische Schauspielerin. Mit ihrer eigenwilligen Taktik wollte sie die lahmen Zuhörer bloß aus ihrer üblichen Alltagslethargie reißen.

Nur Fufu fand die Situation nicht wirklich witzig, ihm war heute einfach nicht nach Lachen zumute.

Mona Lisa hatte den traurig aussehenden, schmächtigen Mann in der hintersten Reihe natürlich längst bemerkt.

«He, du da hinten», polterte sie mit lauter Stimme drauflos, sodass der arme Fufu vor Schreck zusammenzuckte. «Wieso machst du so ein trübes Gesicht wie sieben Tage Regenwetter? Du befindest dich hier an der weltbesten Humorschule und nicht auf einer todlangweiligen Beerdigung. Also lach gefälligst mal, oder tu wenigstens so.»

Nun drehten sich ein gutes Dutzend Köpfe neugierig nach hinten, um den unscheinbaren Mann in Augenschein zu nehmen.

«Lachen?», entgegnete Fufu kraftlos. «Das kann ich leider nicht mehr, deswegen bin ich ja hier. Denn einen Clown, der vergessen hat, wie man lacht, möchte natürlich niemand sehen; am allerwenigsten die Kinder.»

Ob dieser zutiefst ehrlichen und vor allem entwaffnenden Antwort war sogar die ansonsten immer schlagfertige Mona Pizza einen Moment lang sprachlos.

«Ach, das ist doch alles halb so wild, mein lieber Clown», winkte sie schließlich theatralisch ab, «bis jetzt haben wir in der berühmt-berüchtigten, einzigartigen Humorschule noch jeden zum Lachen gebracht, keine Sorge.»

Da die Chefin durch diesen irgendwie berührenden Vorfall ein wenig aus dem Konzept geraten war, überspielte sie die peinliche Stille einfach mit ein paar improvisierten Fragen.

«Was machst du denn so in deiner Freizeit, wenn du nicht gerade Clown spielst? Katzenposter sammeln? Steine bemalen? Oder Puddinge an die Wand nageln?»

Wiederum kicherten die Anwesenden im Saal amüsiert.

«Na ja, so ähnlich», erwiderte Fufu achselzuckend, «bloß in etwas anderer Reihenfolge. Eigentlich sammle ich bemalte Puddinge, die ich jeweils mit einem Katzenposter aus Stein an die Wand nagle.»

«Ach so, ich verstehe», spielte Mona das spontan entstandene Wortspiel grinsend mit, «du bemalst gesammelte Katzen mit einem Stein und nagelst sie anschließend mit einem versemmelten Pudding an die Wand.»

«Nein, du hast mich falsch verstanden, Breitrübe», konterte Fufu, der jetzt allmählich auftaute, lässig. «Ich versammle vergammelte Puddinge mit einer verkatzten Bemalung vor einem steinernen Wandposter.»

«Aha, jetzt kapiere ich. Du verpuddingst katzige Gammler mit steinigen Sammlern von vernagelten Postersteinen. Na, du bist mir ja ein schöner Wortakrobat.»

Inzwischen brüllten alle Teilnehmer dieser irgendwie ziemlich eigenartigen Informationsveranstaltung vor Lachen, denn so etwas Schräges und Abstraktes hatten sie schon lange nicht mehr gehört. Auch der mittlerweile wieder aufgeheiterte Fufu konnte sich ein breites Grinsen nun nicht mehr verkneifen. Dabei wurde ihm auf einmal bewusst, dass man eigentlich gar keine Humorschule zu besuchen brauchte, um andere Leute sowie sich selber zum Lachen zu bringen.

Denn entweder ist einem Menschen ein sonniges, heiteres Gemüt von Natur aus gegeben, oder eben nicht. Deshalb kann man solche Dinge wie Humor oder Fantasie nicht in irgendeiner Schule lernen.

«Bei einem wirklich guten Clown steckt eben weitaus mehr dahinter, als bloß ein angemaltes Gesicht und ein auswendig gelernter Text», hätte Fufu am liebsten laut hinausposaunt.

Als ihm das endlich klar wurde, löste sich seine innere Blockade ruckzuck ganz von allein, und die innere Heiterkeit sprudelte wieder ungehindert nach außen.

Erleichtert darüber, dass er sein Lachen wiedergefunden hatte, sprang Fufu von seinem Stuhl auf und tänzelte leichtfüßig in Richtung Ausgang.

«Hurra, ich bin wieder geheilt», verkündete er glücklich, «danke für alles, aber ich denke, diese Humorschule ist nichts für mich. Es gibt da draußen mehr als genug Leute, die ein bisschen Aufheiterung vertragen können. Von jetzt an werde ich für alle diejenigen da sein, bis mein letztes Stündchen geschlagen hat.»

Mona Pizza sowie alle anderen schauten dem seltsamen Mann leicht irritiert hinterher, während er gutgelaunt aus der Tür schritt und dazu das altbekannte Volkslied *Wenn der Frühling kommt, dann schick ich dir Tulpen aus Amsterdam* vor sich hin trällerte.

Ein paar Sekunden später hörte man draußen einen dumpfen Knall, worauf Mona sofort hinauseilte. Am Straßenrand fand sie Fufu, den eben noch quicklebendigen Clown, mausetot am Boden liegen – erschlagen von einem heruntergefallenen Blumentopf voller Tulpen.

Als wäre dies nicht schon tragisch genug gewesen, klebte am zerbrochenen Blumentopf zusätzlich noch ein Etikett mit der geradezu zynischen Aufschrift *Grüße aus Amsterdam.*

Tja, Freunde, so endet die irdische Geschichte von Fufu, dem Clown, der buchstäblich an einer Überdosis Flower-Power zugrunde ging.

An dieser Stelle müsste man wohl folgende Weisheiten aus dem Volksmund nochmals überdenken: Bringen Scherben wirklich Glück? Kommt tatsächlich alles Gute von oben? Stimmt es, dass derjenige, der zuletzt lacht, am besten lacht? Und was genau hat es mit der Aussage *Sag's doch einfach mit Blumen* auf sich?

Hmmh, das sind in der Tat ziemlich knifflige Fragen, die aber zumindest für Flower-Fufu nicht mehr von Bedeutung sind.

Fazit: Das Leben ist viel zu kurz, um Trübsal zu blasen. Deshalb sollten wir alles wertschätzen, solange wir noch die Möglichkeit dazu haben. Denn schließlich sind wir auf diesem Planeten hier nur als Gäste eingeladen. Und wer mag schon Gäste, die sich nicht anständig benehmen können? Oder solche, die andauernd bloß meckern und mit einem mürrischen Gesicht in der Gegend herumschleichen?

Bevor uns also der Gastgeber frühzeitig von der Party schmeißt, sollten wir die verbleibende Zeit auf der Erde, so gut es geht, genießen und das Beste daraus machen!

6

Der Clown, der vergessen hat, wie man lacht
Teil 2

Aus der Sicht von Fufu – nach seinem Tod:

Hey, Leute, hier spricht Fufu, der Clown. Oder besser gesagt: der ehemalige Clown. Yep, genau derjenige, der im ersten Teil so unerwartet den Löffel abgegeben hat. Tja, wenigstens war es ein blumiges Ende. Aber easy, immer schön cool bleiben. Wegen so ein bisschen Sterben wollen wir schließlich nicht weiß Gott was für einen Zirkus veranstalten. Dafür werde ich an dieser Stelle exklusiv für euch – sozusagen live aus dem Jenseits – berichten, was hier so abgeht, damit ihr euch ungefähr ein Bild machen könnt.

Nachdem ich gestorben war, oder besser gesagt, als mein Geist den Körper verlassen hatte, schwebte ich zuerst einmal ganz sanft durch einen warmen, hellen Lichtkanal. Yeah, die klassische Nummer eben, wie es in unzähligen Büchern beschrieben ist. Während dieses zeitlosen Moments spielte sich vor meinem inneren Auge das ganze Leben nochmals im Zeitraffer ab. Auch das fand ich noch nicht so dramatisch, da ich solche Szenen ja bereits aus unzähligen Filmen kannte.

Dann wurde mir aber plötzlich bewusst, dass dieses eine Leben lediglich ein winziger Ausschnitt aus meinem unendlichen Gesamtdasein darstellte. Jetzt, mit diesem umfassenden Überblick über sämtliche Inkarnationen auf der Erde, offenbarten sich mir plötzlich die größeren Zusammenhänge.

Während dieses einzigen Augenblicks konnte ich alle meine jemals gelebten Leben durch alle Zeitalter hindurch verfolgen.

Intuitiv erkannte ich die Entwicklung, die ich als Seele – verkleidet als Mensch – über all die Jahrtausende hinweg durchgemacht hatte. Doch das war noch längst nicht alles, das Schrägste stand mir nämlich noch bevor.

All die verschiedenen Familienkonstellationen, in die ich je hineingeboren wurde, hatte ich mir nämlich selbst ausgesucht, um ganz bestimmte Dinge zu lernen.

Nur durch die Erfahrung dieser ganzen Widerstände war ich in der Lage, mich von einer jungen zu einer reifen Seele hin zu entwickeln. Ich konnte mich sogar daran erinnern, wie ich vor langer Zeit das duale Universum zusammen mit meiner feinstofflichen Familie betreten hatte.

Unser Betreuer, der während des gesamten Inkarnationszyklus stets den Totalüberblick behalten hatte, hieß offiziell das *Hohe Selbst*, das im Prinzip identisch mit unserem überirdischen Schutzengel ist. Aber wir nannten diese Energieform neckisch *Big Brother*. So ähnlich wie ein Mutterschiff, das seine kleinen Raumschiffe ins ganze Weltall aussendet, aber dennoch immer die Kontrolle über jedes einzelne behält, konnte *Big Brother* im Notfall helfend eingreifen und beraten.

Nach dieser ersten Erleuchtungsphase verließ ich den Lichtkanal und fand mich in einer wunderschönen Landschaft wieder. Dort warteten bereits viele Freunde auf mich, die ein riesiges Fest vorbereitet hatten. Einer davon war *Morgana*, mein irdischer Schutzengel.

«Willkommen zu Hause, mein lieber Fufu», begrüßte sie mich überschwänglich, «wieder einmal hast du eine Erdenmission erfolgreich beendet. Wie du bereits festgestellt hast, ist der Schleier der Vergessenheit von dir gefallen und du kannst dich jetzt wieder an alle deine bisherigen Leben sowie Zwischenleben erinnern. Außerdem freut es mich ganz besonders, dir mitteilen zu dürfen, dass du in deiner vergangenen Inkarnation den Sprung von der reifen zur alten Seele geschafft hast.»

«Ist das etwa so, wie wenn ich den schwarzen Gürtel im Karate erreicht habe?», scherzte ich frohgelaunt.

«Ja, das ist ein guter Vergleich», fuhr Morgana sanftmütig fort, «nun bist du sozusagen ein Meister des Lebens. Es steht dir jetzt frei, ob du nochmals zurück auf die Erde möchtest, oder ob du deinen Weg lieber in einer anderen, höheren Dimension fortsetzen möchtest. Du brauchst dich natürlich nicht sofort zu entscheiden. Jetzt wird nämlich zuerst einmal ausgiebig gefeiert. Auch hier in den sogenannten Lichtwelten wissen wir schließlich, wie man so richtig auf den Putz haut. Nicht wahr, Leute?»

Rings um mich herum ertönte ein lautes *Hurra!*

Nach einer ausgedehnten Feier, bei welcher ich viele Verwandte aus früheren Leben wiedertraf, besuchte ich verschiedene Schulungskurse. Das ist so ähnlich wie auf der Erde, nur dass hier geistige und kosmologische Dinge gelehrt werden. Zum Beispiel wurde uns gezeigt, dass es in unserem Universum unzählige bewohnte Planeten in verschiedenen Dimensionen und Zeitebenen gibt. Alle haben ein anderes Lernprogramm, die Erdenkinder sind nur eine winzige Zelle im Organismus.

Eines Nachmittags schließlich besuchte ich mit einigen Freunden das sogenannte Hologramm-Kino. Dort gibt es eine riesige Auswahl an Filmen, die man sich anschauen kann. Das Besondere an diesen Filmen ist jedoch die Tatsache, dass sie absolut real sind. Das heißt, man kann dort alles mitverfolgen, was auf der Erde je geschehen ist, sowie alles, was momentan gerade passiert.

In diesem interaktiven Kino kann man sich einen x-beliebigen Menschen herauspicken und genauer beobachten. Dann erhält man Informationen über seinen ursprünglichen Lebensplan, seine bisher getroffenen Entscheidungen mit den daraus resultierenden Wirkungen und vieles mehr. Aber das ist noch lange nicht alles.

Jeder dieser Menschen spielt im Prinzip nur eine von unzähligen Rollen, die auf der Erde im Angebot stehen – wovon jede mit einem individuellen Schwierigkeitsgrad versehen ist. Was von hier oben wie ein gewaltiges Spiel aussieht, ist für die Menschen auf der Erde die wirkliche Realität. Hier in diesem Hologramm-Kino kann man sich seine eigene zukünftige Rolle also selbst aussuchen. Vorausgesetzt, man erfüllt die dazu notwendigen Anforderungen.

Staunend beobachtete ich, wie die meisten Menschen ursprünglich hochmotiviert, mit allerlei guten Absichten auf die Erde hinuntergingen. Mit der Zeit identifizierten sie sich dann aber so sehr mit ihrer selbstgewählten Rolle als Mensch, dass die meisten in dieser Illusion komplett den Überblick verloren und nur noch verbissen um Geld, Macht oder das nackte Überleben kämpften.

Von meinem überirdischen Standpunkt aus war dieses ganze Schauspiel im wahrsten Sinne des Wortes eine bittere Tragik-Komödie. Mir wurde gesagt, dass man das Gesamttotal dieser Filme, wo all diese Informationen fein säuberlich aufgezeichnet sind, die *Akasha-Chronik* nennt.

Selbstverständlich diskutierten wir Neuankömmlinge sehr oft über diese mysteriöse Akasha-Chronik. Dabei wurden fleißig Pläne geschmiedet für zukünftige Inkarnationen.

Nachdem sich jeder von uns die zukünftigen Lebensumstände sowie ein passendes Elternpaar ausgesucht hatte, wurden untereinander Verabredungen getroffen sowie Verträge abgeschlossen für das nächste Leben.

Anfangs wollte ich eigentlich nicht mehr zurück auf die Erde, da ich die Nase von diesem primitiven Affentheater da unten ehrlich gesagt gestrichen voll hatte. Dann sah ich im Hologramm-Kino aber folgenden Film: Ein junges Paar beschließt zu heiraten und eine Familie zu gründen. Sie wünschen sich nichts sehnlicher als Harmonie und Zufriedenheit. Ihre Kinder werden voraussichtlich ein glückliches Leben führen können. Sofort fühlte ich mich von diesem Paar energetisch angezogen. Aus einem unerklärlichen Grund waren mir diese beiden Menschen sehr vertraut.

Auf einmal war der Wunsch, dieses Kind zu sein, geradezu überwältigend. So entschied ich mich also, doch noch eine Ehrenrunde auf der Erde zu drehen. Da ich dies aber freiwillig tat, gab es auch keinen Lebensplan mehr, der mir als Wegweiser dienen konnte. Dieser Ausflug würde lediglich darin bestehen, den ahnungslosen Mitmenschen Freude zu bereiten und mein eigenes Leben so gut wie möglich zu genießen. Und nebenbei natürlich noch ein paar abgedrehte Erfahrungen jenseits von Gut und Böse zu sammeln, die bisher noch keine Menschenseele jemals gemacht hat.

Nun musste ich nur noch abwarten, bis die Zeit reif war für meine Geburt. Oder besser gesagt, bis alle Sternenkonstellationen in der richtigen, perfekt abgestimmten Position standen.

Als sich Morgana dann netterweise wiederum als Geistführerin zur Verfügung stellte, war die Sache endgültig geritzt.

«Na hör mal, ich kann locker-flockig mehrere Menschen auf der Erde gleichzeitig betreuen», bluffte der Engel grinsend, «das ist überhaupt kein Problem. Man ist ja schließlich flexibel, oder?»

«Jaja, jetzt können wir noch Witze reißen», erwiderte ich aufgewühlt, «doch bald bin ich schon wieder mittendrin in diesem verrückten Spiel, dann geht der Ernst des Lebens erneut los.»

«Gib's ruhig zu, Fufu, du kannst es doch kaum erwarten, dich wieder in neue Abenteuer zu stürzen, stimmt's?», scherzte mein lieber Schutzengel munter, um mir Mut zu machen.

«Na ja, sooo wahnsinnig eilig habe ich es nun doch auch wieder nicht», lachte ich fröhlich, «denn hier gefällt es mir eigentlich auch ganz gut.»

«Schön, dass der ehemalige Clown sein Lachen wiedergefunden hat», zwinkerte mir Morgana wohlwollend zu, ehe sie lächelnd in einer regenbogenfarbenen Wolke entschwand.

7

Religion Smartphone

Lieber Gott, vermutlich weißt du es ja schon,
SMARTPHONE heißt die neue, geisttötende Religion.

Überall schlurfen die schlafwandelnden Massen wie
Zombies durch die Gassen
und können den starren Blick vom Smartphone keine
Sekunde lassen.

Wo sind sie denn geblieben, die echten Menschen mit
Ecken und Kanten?
All die charmanten Tanten, gesellschaftskritischen
Querulanten und extravaganten Musikanten?

Um die beängstigende innere Leere zu füllen,
müssen sich diese fremdgesteuerten Roboter pausenlos mit belanglosen Scheinrealitäten zumüllen.

Doch hinter der äußerlich stets perfekt gestylten Fas-
sade dieser bedauernswerten Geschöpfe
verbergen sich leider oftmals nur von der Smart-
phone-Sucht verblödete Schwachköpfe.

Selbst der Teufel lacht sich heimlich ins Fäustchen,
denn auch er kann seinen Triumph kaum fassen,
die seelisch abgestumpften Menschenmassen sind
buchstäblich von allen guten Geistern verlassen.

Ach, du virtuelle, auf Hochglanz polierte Welt,
warum bloß dreht sich alles nur noch um Smart-
phones,
Klatsch und Geld?

Lasst uns doch wieder zur Besinnung kommen und
uns auf wahre Menschlichkeit konzentrieren,
anstatt ständig mit irgendwelchen anonymen
«Freunden» im Internet zu kommunizieren.

Deshalb spricht der Verfasser dieser Zeilen
nur das aus, was der liebe Gott schon lange weiß:
Zur Hölle mit dem ganzen digitalen Scheiß!

8

Keine Repressalien
für die Cerealien

Warnung: Der folgende Text ist so unglaublich abstrakt, dass manch einen vermutlich das nackte Grauen packt.

Teil 1: sinnlose Einleitung

In einer idyllischen Gartenlaube wohnte ganz allein Tipsy, die taube Taube. Weil sie so furchtbar einsam war, organisierte sie ein Fest in ihrem Taubennest. Dazu lud sie alle ihre Freunde ein. Feixi, die feige Feige von nebenan. Auch Blindi, der blinde Blindenhund, und Grinsel, der ständig winselnde Winsel-Pinsel, erhielten eine Einladung. Ach ja, nicht zu vergessen, Matte, die platte Ratte.

Matte war so platt, weil sie, als sie noch eine kleine Ratte war, vom tollpatschigen Jammer-Hammer aus Versehen beinahe erschlagen worden wäre. Seitdem mieden alle den ewig jammernden Jammer-Hammer und niemand hatte ihn jemals zu irgendeinem Fest eingeladen. Als er jedoch von der anstehenden Party in der Gartenlaube hörte, die wieder einmal ohne ihn stattfinden sollte, beschloss er, sich zu rächen.

«Na wartet, elendes Windel-Gesindel», schäumte der ausgestoßene Jammer-Hammer vor Wut. «Euch werde ich schon noch Manieren einhämmern. Die platte Ratte habe ich sowieso auf der Latte und auch die feige Feige ist eine erbärmliche Arschgeige. Auch den ganzen Rest hasse ich wie die Pest. Diese blöde Gartenlaube werde ich pulverisieren, die Taube kastrieren und alle anderen terrorisieren. Jawohl, eurer biederen Truppe versalze ich gehörig die Suppe.»

Seine einzigen Verbündeten waren zwei tote Brote sowie Rosti, die rostige Schraube von der frostigen Motorhaube. Nur leider waren ihm die nicht sehr nützlich bei seinem Vorhaben. Deshalb rekrutierte der hinterlistige Jammer-Hammer alle möglichen Freiwilligen unter dem völlig nichtssagenden Motto: *Keine Repressalien für die Cerealien.*

Und siehe da, schon nach kurzer Zeit hatte der Hammer eine äußerst angriffslustige, jedoch ebenso behämmerte Terror-Truppe mobilisiert. Diese bestand unter anderem aus Wuffli, dem genmanipulierten Weizen, Gerda, der garstigen Gerste, sowie Rosi, der rabiaten Rosine. Nur Hopfi, der hüpfende Hopfen, wollte bei dieser gemeinen Aktion nicht mitmachen.

Also hüpfte er schnurstracks zu Tipsy, der tauben Taube, und informierte sie mittels Zeichensprache über den bevorstehenden Anpfiff zum Angriff. Dabei erfuhr zufällig auch Hilda, die schreckhafte Heuschrecke, von diesem geplanten Überfall auf die Gartenlaube.

«Huch, das ist ja schrecklich», kreischte sie wie immer zu Tode erschrocken, «das muss ich gleich Tobi, dem tapferen Teebeutel, erzählen.»

«Nein, warte», rief ihr Hopfi aufgeregt hüpfend hinterher. Doch es war schon zu spät, denn Hilda war bereits im Gebüsch verschwunden.

Teil 2: Noch viel sinnloserer Hauptteil

Einige Tage später war es dann endlich so weit. Obwohl der Anlass unter einem denkbar schlechten Stern stand, hatte Tipsy nichtsdestotrotz ihre langersehnte Gartenparty organisiert. Als das Fest bereits in vollem Gange war, stürmte plötzlich eine Truppe finsterer Gestalten die bunt dekorierte Gartenlaube. Allen voran der behämmerte Jammer-Hammer, gefolgt von einer Horde rachsüchtiger Ravioli.

Zuhinterst in dieser militärisch organisierten Kompanie marschierte allerlei übles Gesindel. Zum Beispiel Bronco, der beknackte Broccoli, Trudi, die trübe Rübe, und natürlich Karla, die verkackte Kröte. Tja, nicht nur die Eindringlinge waren ziemlich beknackt-verkackt, sondern die gesamte Situation war irgendwie abstrakt-vertrackt.

«Auf in den Kampf, Freunde», brüllte der Jammer-Hammer belämmert, «zerstört diese Laube, bis auf die letzte Traube.»

So kam es, dass sich an diesem wunderschönen, bis zu diesem Zeitpunkt äußerst friedlichen Nachmittag plötzlich zwei verfeindete Parteien auf dem feierlich dekorierten Festplatz gegenüberstanden. Auf der einen Seite befand sich die eben noch fröhliche Spaßtruppe der geladenen Gäste und auf der anderen die völlig bescheuerten Spaßbremsen.

Dummerweise hatte plötzlich niemand von ihnen mehr so richtig Lust, um die Party aufzumischen und

Krieg zu spielen. Ganz im Gegenteil, insgeheim wollten die vermeintlichen Spielverderber eigentlich viel
lieber mitfeiern und eine gute Zeit haben. Das passte
dem Anführer natürlich überhaupt nicht in den Kram.

«Los, auf in den Kampf», brüllte der Jammer-
Hammer erneut, «keine Repressalien für die Cerealien.»

«Excusez-moi, Monsieur Hammer, aber was hat
das eigentlich genau zu bedeuten?», meldete sich Fer-
dinand, das französische Fabeltier, irritiert zu Wort.
«Ich meine, das mit den Cerealien und so»

«Ach, das, ähm … na ja, also», stammelte der Chef
verlegen.

«Das kann dir nur ein waschechter Waschbär wie
ich erklären», wollte ihm Waschi, der Waschbär, aus
der Patsche helfen.

«Oh nein, mein Freund», unterbrach ihn Naschi,
die nuschelnde Naschkatze, während sie sich ein großes Stück Schokolade in den Mund steckte. «Ich denke, dass ich das viel besser kann.»

«Ach du, was nuschelst du da wieder für einen
Unsinn», ertönte plötzlich eine tiefe Stimme aus dem
Hintergrund.

«In Wirklichkeit bin ICH nämlich der Einzige, der
das wahre Geheimnis der Cerealien kennt», prahlte
Mampfi, die ständig irgendetwas mampfende Manda-
rine.

«Bist du nicht ganz dicht, du kleiner Wicht mit dem
Mampfgesicht? Pass bloß auf, sonst bring ich dich vor
Gericht», nuschelte die Naschkatze mit vollem Maul.

Als sich schließlich auch noch die siamesischen
Zwillinge Heini, das einäugige Zweihorn, und Reini,

das dreibeinige Einhorn, einmischten, geriet die Situation völlig außer Kontrolle. Jeder wollte dem anderen seine eigene Version aufdrängen, weshalb es keine Repressalien für die Cerealien geben sollte. Irgendwann wurde es sogar Knilchi, dem weißen Albino-Regenbogen, zu bunt, und er verdünnisierte sich wieder.

Ja, sogar der Regen selbst machte einen großen Bogen um die Gartenlaube. Nur die Sonne schien weiterhin in voller Lautstärke. Ihr war das ganze Theater ebenso schnuppe wie den Sternen und dem Vollmond, die sowieso wieder einmal alle so sternhagelvoll waren, dass sie rein gar nichts schnallten.

Teil 3: ähem ... na ja ... viel sinnloser geht's ja fast nicht mehr ... oder etwa doch? Hmmh, mal schauen ...

Gerade als die Situation zu eskalieren drohte, spazierte auf einmal wie aus dem Nichts eine majestätische Gestalt mitten in die Versammlung, und positionierte sich lässig grinsend zwischen den beiden Fronten. Exakt in diesem Augenblick brach scheinbar zufällig ein gleißender Sonnenstrahl durch die flauschige Wolkendecke. Dieser gewaltige Lichtstrahl schien genau auf die riesige Silhouette hinab und stellte sie sozusagen in ein himmlisches Rampenlicht. Plötzlich hielten sämtliche Streithähne ringsherum inne und starrten verwundert auf Paulchen, den penetranten Partylöwen.

«Gestatten? Mein Name ist Paul, der König der Partylöwen, höchstpersönlich», sagte er cool, während seine strahlend weißen Zähne im Sonnenlicht beinahe überirdisch funkelten. «Ziemlich lasche Party da, oder? Wenn ihr mich fragt, wird es höchste Zeit, dass jemand mal ein bisschen Stimmung in die Bude bringt. Wo ist denn der DJ, bitteschön?»

Doch statt dass jemand reagierte, war es mit einem Mal gespenstisch still in der Gartenlaube. Es schien fast so, als hätte eine höhere Macht ihren leuchtenden Mahnfinger in Form eines simplen Sonnenstrahls ausgestreckt, um die Anwesenden endlich zur Besinnung zu rufen.

«Seht ihr das, Kameraden?», rief Wilma, die weise Meise, die das Naturschauspiel von einer Säule aus beobachtete.

«Das ist ein Zeichen des Himmels. Der König hat gesprochen. Und dieser reine Lichtstrahl will uns eindeutig mitteilen, dass wir diesen wunderschönen Ort nicht mit niederträchtigen Handlungen und Worten beschmutzen sollen. Lasst uns diese kindischen Streitereien also vergessen und friedlich miteinander feiern.»

«Ach, halt bloß die Klappe, du Möchtegern-Weise», knurrte der egomanische Jammer-Hammer aggressiv, «du hast doch sowieso eine Meise. Ich verpasse dir gleich eine Beule mit meiner Keule. Jawohl, dem ganzen Reigen werde ich es zeigen, euch bringe ich schon noch zum Schweigen.»

«Sieh dich vor, mein Freund. Wisse, dass sich deine ärgsten Feinde in dir selbst befinden und nicht außerhalb. Es sind dies vor allem dein Zorn sowie dein falscher Stolz, die dich daran hindern, mit dem Herzen zu sehen», antwortete die weise Wilma sanft und gleichzeitig so stark und machtvoll, wie es eben nur natürliche Autoritäten können. «Wenn du nicht lernst, dich selbst zu beherrschen, dann wird das eines Tages deinen Untergang bedeuten.»

«Du wagst es, mich zu belehren?», brüllte der Hammer außer sich vor Wut. «Na wartet, ich werde euch alle zermalmen, ihr nichtsnutzigen Schwachköpfe.»

«Gewalt ist immer die Antwort der Schwachen und Dummen», erwiderte die weise Meise gelassen.

Doch ehe der hartherzige Holzhammer zur Tat schreiten konnte, stürzte sich Fips, der filigrane Flughund ohne Flugschein, im Sturzflug auf den uneinsichtigen Kerl und packte ihn am Schlafittchen. Unter dem tosenden Applaus aller anwesenden Gäste steckte er ihn blitzschnell in den Rumpf von einem schwarzen Strumpf und flog mit ihm bis zum benachbarten Schlumpf-Sumpf. Dort ließ er ihn fallen und von diesem Zeitpunkt an hat man niemals mehr etwas von diesem gewalttätigen Unruhestifter gehört.

Und Paulchen? Zur Feier des Tages legte der berüchtigte Partylöwe ein improvisiertes Freudentänzchen aufs Parkett. Die beiden gewitzten DJs Bibi Bücherwurm und Oli Ohrwurm sorgten derweil für musikalische Unterhaltung. Weil Paulchen seinen Auftritt im Rampenlicht sichtlich genoss, wirkte seine gute Laune auf die anderen Gäste so ansteckend, dass kurz darauf sämtliche Tiere in der Gartenlaube ausgelassen tanzten und eine fröhliche Party feierten.

Sogar Rudi, der rätselhafte Rätselfuchs, und Schimpi, der ansonsten eher scheue Schimpanse, wurden von der positiven Stimmung buchstäblich mitgerissen und gaben Vollgas. Und irgendwo weit oben am Himmel, über den flauschigen Wolken, beobachtete eine friedliebende Gruppe weißgekleideter Rock'-n'-Roll-Engel das Geschehen in der Gartenlaube mit großer Freude. Wieder einmal hatten sie es geschafft, auf der Erde Frieden zu stiften, wenn auch nur im kleinen Rahmen. Irgendwann tauchte jedoch wie aus dem Nichts Noldi, der nörgelnde Nachtfalter auf, und faltete kurzerhand die Nacht zusammen.

«So, Freunde, fertig lustig», brummelte er mürrisch wie immer, «jetzt ist aber endgültig Feierabend.»

So endete schließlich die famose Party in der Gartenlaube ziemlich abrupt.

Was das alles mit Cerealien zu tun hat? Sorry, keine Ahnung, Leute …

9

Elina und der Astralwanderer

Ein unerwarteter Gast

An einem herbstlichen, verregneten Nachmittag saß Elina wie üblich in ihrem Lieblingssessel im Wohnzimmer. Mit melancholischem Blick und einer dampfend heißen Tasse Kaffee in der Hand schaute die alte Frau den schweren Regentropfen zu. Begleitet von einem monotonen, beruhigenden Geräusch prasselten sie an die Fensterscheiben, nur um sich gleich darauf in einem seltsam kurvigen Rinnsal ihren Weg nach unten zum Fenstersims zu bahnen, wo sich ihre Spur verlor.

«Siehst du, Lilly», sagte Elina zu ihrer schwarzen Katze mit den smaragdgrünen Augen, «das mit den Regentropfen ist genauso wie im richtigen Leben. Kaum befindet man sich endlich einmal mittendrin, ist man einen Augenblick später auch schon wieder weg vom Fenster. Nur mit dem Unterschied, dass wir Menschen uns im Gegensatz zu den Regentropfen dabei auch noch unheimlich wichtig fühlen und auf dem ganzen Lebensweg ständig viel Radau machen. Erst wenn die Leute alt sind, so wie ich, denken sie vielleicht einmal darüber nach, dass alles vergänglich ist.»

Lilly, die es sich auf dem Schoß von ihrem Frauchen bequem gemacht hatte, schaute sie mit wachsamen Augen an, während sie leise zu schnurren begann. Ganz so, als wollte sie sagen: «Du hast zwar recht, aber ich könnte jetzt trotzdem ein bisschen Futter vertragen.»

Doch dann geschah plötzlich etwas Eigenartiges.

Durch das von den Regentropfen beschlagene Fenster schien auf einmal ein grelles, weißes Licht. Elina wollte gerade ihre Kaffeetasse auf das kleine, runde Tischchen neben dem Sessel stellen, um nachzuschauen, was da draußen wohl los war.

Doch genau in diesem Augenblick materialisierte sich direkt vor ihren Augen eine große Gestalt mit einer leuchtenden Aura.

Lilly, die aufgeweckte Katze, spitzte neugierig die Ohren und miaute leise. Es war jedoch kein ängstliches oder gar erschrecktes Miauen, sondern eher etwas wie: «Oh, hallo, mein Freund. Schön, dich zu sehen.»

Auch Elina fühlte sich komischerweise überhaupt nicht überrumpelt oder sonst irgendwie aufgebracht. Normalerweise hätte sie unter solchen Umständen vermutlich eine Herzattacke oder zumindest einen Schreianfall gekriegt vor lauter Schreck. Aber genau wie ihre feinfühlige Katze reagierte die ältere Dame auf dieses völlig unvorhergesehene Ereignis relativ gelassen.

«Guten Tag, hübscher Mann», begrüßte sie den eigenartigen Gast freundlich, «darf ich Ihnen eine Tasse Kaffee anbieten? Oder ein Stück Kuchen?»

«Selbstgemacht?», fragte der irgendwie charmant wirkende Eindringling schelmisch.

«Aber natürlich», erwiderte Elina schlagfertig,

«meine Kuchen sind immer selbstgemacht. Nur schade, dass außer Lilly und mir niemand davon isst. Denn ich bin alleinstehend, alle ehemaligen Familienmitglieder sind bereits verstorben ...»

«... ich weiß, meine liebe Elina», unterbrach sie die Lichtgestalt in äußerst höflichem Tonfall, «denn ich kenne dein Leben ziemlich gut, wenn ich das so sagen darf.»

«Aber ... wer sind Sie denn überhaupt?», wollte Elina wissen. «Von irgendwoher kommen Sie mir so vertraut vor. Kennen wir uns?»

«Ja, wir kennen uns aus deinen nächtlichen Träumen», erklärte der Mann geduldig, «und nenne mich doch bitte einfach *Astra*. Denn in Wirklichkeit bin ich der viel gereiste Astralwanderer, daher auch der Name. Genauso mühelos, wie ihr Menschen in ferne Länder reist, verkehre ich zwischen den verschiedenen Dimensionen. Das, was ihr Jenseits nennt, ist meine Heimat.

Und eure sogenannte reale Welt ist für mich nichts weiter als eine Art grobstoffliche Spielwiese. In der Tat bin ich jedoch mit den irdischen Gesetzen ebenso vertraut wie mit den geistigen, da ich ja vor langer Zeit auch einmal ein Mensch aus Fleisch und Blut war. Doch seitdem ich meine Lebensschule auf der Erde abgeschlossen habe, bin ich nicht mehr an das Rad der Wiedergeburt gebunden, verstehst du?»

«Na ja, ehrlich gesagt nicht so ganz», meinte Elina achselzuckend, «aber wie dem auch sei. Ich hole jetzt erst mal Kuchen für uns drei.»

Bei dem Wort *Kuchen* sprang Lilly freudig miauend auf und tapste zielstrebig in Richtung Küche.

Während Elina und Astra gemütlich bei Kaffee und Kuchen am Stubentisch saßen, klärte er sie ganz ungezwungen und in einfacher Sprache über seine Mission auf.

«Wie du weißt, gibt es noch viele unentdeckte Geheimnisse in der Natur, die bisher nur einigen wenigen Eingeweihten bekannt sind», sprach Astra sanftmütig, «denn die große Masse wäre mit diesem tiefgreifenden Wissen momentan immer noch überfordert. Vor allem in der heutigen Zeit, in der so unglaublich viele Menschen von elektronischen Geräten abhängig, ja geradezu süchtig danach sind.

Leider wissen die meisten natürlich nicht, dass sie, indem sie von bestimmten Mächten in dieses virtuelle Gefängnis gesteckt werden, innerlich immer mehr abstumpfen. Denn die gezielte Manipulation des Nervensystems und der Gehirnwellen durch elektromagnetische Felder macht die Leute buchstäblich dumm. Mit der Zeit verlieren sie nicht nur den Kontakt zu ihrer eigenen Seele, sondern sie entfremden sich auch immer mehr von der Natur, von der sie eigentlich ein Teil sind.

Wenn diese traurige Entwicklung nicht bald gestoppt wird, dann mutieren die Menschen mit der Zeit immer mehr zu gleichförmigen, willenlosen Schwachköpfen. Das wäre fatal, denn ohne wahre Menschlichkeit wird diese Welt emotional immer kälter, bis es eines Tages zum großen Zusammenbruch kommt.»

«Ich verstehe zwar, was du meinst», seufzte Elina laut, «aber ich bin ja schon alt und muss mich zum Glück nicht mehr mit solchen Dingen herumschlagen. Jede Zeitepoche hat eben ihre Vor- und Nachteile.

Wobei du natürlich völlig recht hast. Die meisten Leute hetzen wie die Irren durch ihr Leben und merken in dieser krankhaften Hektik nicht einmal, dass sie für den ganzen materiellen Luxus einen sehr hohen Preis bezahlen.»

Inzwischen war es draußen dunkel geworden. Schweigend, in nachdenklicher Stimmung, beobachteten die beiden, wie der strahlende Mond langsam zwischen den Wolken hervorkroch und die Nacht in sanften Glanz tauchte. Passend zu dieser mystischen Stimmung, zündete Elina eine schöne, rote Kerze an.

In feierlichem Tonfall sagte sie zu ihrem wundersamen Gast:

«Ich weiß zwar immer noch nicht, wie in aller Welt du in meine gute Stube gekommen bist. Aber man muss ja auch nicht immer alles verstehen, oder? Auf jeden Fall freue ich mich sehr darüber, endlich einmal so einen freundlichen und vor allem interessanten Gesprächspartner zu haben. Ich wünschte bloß, dass ich deine Heimat eines Tages ebenfalls besuchen könnte. Wo auch immer das sein mag.»

«Unter normalen Umständen wird das erst dann passieren, wenn du deine physische Hülle hier auf der Erde ablegst.»

«Du meinst, wenn ich gestorben bin?»

«Ganz genau», schmunzelte Astra spitzbübisch, «aber vielleicht können wir für dich ja eine Ausnahme machen. Hättest du denn Lust auf einen kleinen Ausflug in die Astralwelt?»

«Oh, das wäre wunderbar», rief Elina begeistert, «aber was wird dann aus meiner Katze Lilly? Ich meine ...»

«Mach dir darüber keine Sorgen, meine Liebe», beruhigte Astra sie, «selbst wenn wir einen ganzen Tag lang weg sind und anschließend hierher zurückkommen, werden nach irdischer Zeit gemessen lediglich ein paar wenige Minuten vergangen sein. Denn wie schon Einstein richtig erkannt hat, ist die Zeit tatsächlich relativ.»

«Na, wenn das so ist, dann bin ich natürlich jederzeit bereit», strahlte Elina über das ganze Gesicht. «So wie früher, als ich noch jung war und jeweils ohne genaues Ziel aufgebrochen bin, um die große, weite Welt zu erkunden.»

«Diejenige Welt, die wir jetzt erkunden, ist jedoch noch unendlich viel größer», raunte Astra geheimnisvoll.

Dann bat er seine Schülerin, sich entspannt auf das Sofa zu legen. Danach verabreichte er ihr ein Glas Wasser, in welches er exakt drei Tropfen von einer hellbraun schimmernden Mixtur hinzufügte.

«Du brauchst keine Angst zu haben», erklärte Astra mit ruhiger Stimme, «der Inhalt von diesem Fläschchen wurde nach einem original astralen Rezept hergestellt. Ich spreche natürlich von den höheren, lichtvollen Sphären der Astralwelt.

Auf jeden Fall wird dir die Wirkung dieses Getränks dabei helfen, dass deine Seele leichter aus dem Körper schlüpft und die Verbindung durch die sogenannte Silberschnur die ganze Zeit über aufrechterhalten wird. Das ist wichtig, denn sollte die Silberschnur tatsächlich reißen, könntest du nämlich nicht mehr zurück in deinen grobstofflichen Körper.»

«Das würde bedeuten, dass ich sozusagen schon

tot bin, bevor ich überhaupt gestorben bin?», kicherte Elina mit Galgenhumor.

«Ja, so in etwa», erwiderte Astra, «denn die Silberschnur ist das feinstoffliche Gegenstück zur Nabelschnur. Bei der Geburt wird zuerst die Nabelschnur durchtrennt, und beim Tod analog dazu die Silberschnur. Alles Physische hat in der geistigen Welt seine Entsprechung. Aber keine Angst, deine kluge und treue Katze passt schon auf deinen Körper auf, während wir weg sind. Stimmt's, Lilly?»

Als Antwort darauf kam ein bestätigendes Miauen.

Nachdem Elina das nach Kräutern schmeckende Gebräu getrunken hatte, überkam sie bereits nach wenigen Sekunden eine bleierne, jedoch angenehme Art von Müdigkeit. Während ihr Begleiter Astra ihre Hand hielt, driftete sie allmählich ab in einen traumartigen Dämmerzustand. Dabei zogen allerlei Bilder aus ihrem bisherigen Leben wie ein Film vor ihrem inneren Auge vorbei.

Reise ins Unbekannte

Zunächst sah Elina sich selbst als kleines Mädchen, wie sie an ihrem siebten Geburtstag gerade die Kerzen auf einem Kuchen auspustete und sich dabei fast die Haare abfackelte. Während sie in ihrer geistigen Zeitreise wie gebannt auf die Kerzen starrte, veränderte sich fast unmerklich die Umgebung.

Nun war Elina plötzlich ein paar Jahre älter. Anstelle des Geburtstagskuchens erblickte sie nun verschiedene, orangefarbene Kürbisse, die sie damals eigenhändig in einer kalten Novembernacht im Freien platziert hatte. Sie war soeben damit beschäftigt, diverse Kerzen anzuzünden, die sie sorgfältig zwischen den Kürbissen verteilte.

Dann schaute Elina einen Augenblick lang nach oben, denn über ihrem Kopf baumelten lose zwei Glühbirnen, die jeweils an einem Kabel befestigt waren und ein flackerndes Geräusch von sich gaben. Kurz darauf gab eine davon den Geist auf. Schließlich betrachtete Elina wie verzaubert ihre eigenen Hände, die ganz schwarz waren. Eingefärbt von der noch warmen Asche des erloschenen Feuers, mit der sie sich kurz zuvor Gesicht und Hände eingerieben hatte.

Natürlich erinnerte sie sich nur allzu gut an dieses mystische Ritual, welches sie damals in einem Pfadfinderlager durchgeführt hatten. Denn in jener sternenklaren Vollmondnacht hatte man alle anwesenden Jugendlichen mittels einer Feuerzeremonie zu Erwachsenen erklärt.

Die nächste Sequenz zeigte Elina als hübsche junge Frau mit langen, braunen Haaren. Mit ihrem zukünftigen Ehemann an der Hand schlenderte sie ausgelassen über einen knorrigen Holzsteg, der sich an einem idyllischen See befand. Damals konnte sie natürlich nicht ahnen, dass sie wenig später völlig unerwartet mit einem romantischen Heiratsantrag konfrontiert werden würde.

Danach wurden ihr noch einige weitere Schlüsselerlebnisse aus ihrem Leben vorgeführt, bis der Bilderfluss langsam versiegte.

Als Elina aus dieser äußerst emotionalen Lebensrückschau wieder erwachte, merkte sie ziemlich schnell, dass irgendetwas nicht stimmte. Sie schwebte nämlich an der Decke des Wohnzimmers, von wo aus sie mit einer Mischung aus Beklemmung und Erstaunen auf ihren eigenen Körper hinabschaute. Dieser lag friedlich schlafend auf dem Sofa. Daneben saß Lilly, die schwarze Katze mit den grünen Augen, und hielt pflichtbewusst Wache.

«Ach du meine Güte», murmelte Elina leise vor sich hin, «was hat denn das nun wieder zu bedeuten? Bin ich jetzt also tatsächlich gestorben?»

Da tauchte auf einmal der inzwischen ebenfalls feinstofflich gewordene Körper von Astra neben ihr auf und sprach mit besänftigender Stimme.

«Dieser Prozess, den du soeben durchgemacht hast, war tatsächlich derselbe wie beim richtigen Sterben», erklärte er, «aber wie du ja bereits weißt, bist du nicht wirklich gestorben, sondern bloß für eine kurze Zeit. Na, wie fühlst du dich im sogenannten Totenreich?»

«Oh, eigentlich erstaunlich gut», kam die Antwort wie aus der Pistole geschossen, «ich muss zugeben, dass ich mich seit vielen Jahren nicht mehr so quicklebendig gefühlt habe ... und irgendwie oo luftig leicht »

«Tja, das liegt daran, dass die gewaltige Erdenschwere des materiellen Körpers nun von dir abgefallen ist», lächelte Astra, «und in deinem für normale Menschen unsichtbaren Lichtkörper fühlst du dich naturgemäß federleicht. Sieh dich doch einmal an im großen Spiegel, der im Flur steht.»

Neugierig schwebte Elina durch ihre Wohnung und betrachtete sich selbst im Spiegel.

«Aber das ist doch unmöglich», jauchzte sie erfreut, «ich sehe äußerlich ja wieder genau so aus, wie ich mit ungefähr fünfundzwanzig Jahren ausgesehen habe. Außerdem fühle ich mich auch so. Nur mit dem Unterschied, dass ich mich jetzt trotz des jugendlichen Körpers geistig unendlich viel reifer fühle als damals. Na, das nenne ich ja mal eine gelungene Überraschung.»

Anschließend wollte sie Lilly streicheln, doch ihre Hand glitt einfach mitten durch die Katze hindurch, als würde sie gar nicht existieren. Aufgrund der eigenartigen Bewegungen, die Lilly mit ihren Ohren machte, erkannte Elina jedoch unmissverständlich, dass das sensitiv veranlagte Tier ihre feinstoffliche Anwesenheit sehr wohl bemerkte.

«Dein astraler Lichtkörper ist aus einer derart feinen ätherischen Substanz gewoben, dass du nun buchstäblich durch die dicksten Mauern hindurchgehen kannst», fuhr Astra mit seinen Erläuterungen fort, «und abgesehen davon siehst du nun mit eigenen Augen, dass sich das irdische Leben nach dem sogenannten Tod fortsetzt – jedoch gemäß den geistigen Gesetzen.»

«Das ist also damit gemeint, wenn es heißt, dass der Tod nichts weiter als eine Illusion ist», wurde es Elina mit einem Mal klar, «dann fürchten sich also die meisten Menschen ihr Leben lang völlig vergebens vor diesem im Prinzip äußerst spektakulären Erlebnis.

Sie haben nicht nur Angst vor dem eigentlichen Sterbeprozess selbst, sondern auch vor dem großen schwarzen Nichts, welches sie danach eventuell erwarten könnte. Dabei verändert sich in Wahrheit ja nur die Perspektive.»

«Tja, so ist das halt mit dem Diesseits und dem Jenseits», schmunzelte Astra amüsiert, «in Wirklichkeit sind das, wie du siehst, lediglich zwei Seiten derselben Münze.

Der dumme Aberglaube völlig unwissender Leute hat schon so viel Leid verursacht, obwohl das eigentlich gar nicht nötig gewesen wäre. Und die hochmütige Verblendung der verschiedenen Religionen hat die Sache auch nicht gerade einfacher gemacht. Aber lassen wir dieses Thema lieber. Komm, ich werde dich ein wenig herumführen in diesem Wunderland.»

Darauf schwebte der geheimnisvolle Sphärenwanderer geschmeidig davon und bat die wieder jung gewordene Elina, ihm zu folgen.

Abenteuer in der Astralwelt

Während die beiden Hand in Hand durch märchenhafte Landschaften flogen, erklärte er ihr ein paar grundlegende Dinge.

«In der sogenannten Astralwelt gibt es unzählige Abstufungen. Sie reichen von den niedersten Sphären, die man auf der Erde Hölle nennt, bis hinauf in die höchsten, lichtvollen Reiche.»

«Und das ist dann der Himmel?», wollte Elina wissen.

«Oh nein, die höheren Sphären der Astralwelt sind lediglich das, was sich die Menschen unter dem Begriff Himmel vorstellen. Aber das wirkliche Paradies befindet sich in einer ganz anderen Dimension. Das ist jedoch so unvorstellbar weit weg, dass es das geistige Fassungsvermögen von einem normalen Durchschnittsmenschen bei Weitem übersteigt.»

«Das heißt also, sich über solche Dinge den Kopf zu zerbrechen bringt etwa gleich viel, wie Kokosnüsse in Grönland zu züchten, oder dem Trocknen von frischgewaschener Wäsche zuzuschauen», konnte sich Elina eine vorwitzige Bemerkung nicht verkneifen.

«Ja, so in etwa», lachte Astra amüsiert und doppelte gleich nach. «Vielleicht sollte man auf der Erde sowieso mal für eine Weile die Schwerkraft abschaffen und dafür den Leichtsinn etwas fördern. Das würde all den verbissenen Menschen mit ihrem aufgeblasenen Ego, die sich für den Mittelpunkt des Universums halten, eventuell ganz guttun.

Zum besseren Verständnis möchte ich dir das gleich an einem praxisorientierten Beispiel aus dem Alltag illustrieren. Siehst du den Mann da vorne, der von einer ziemlich dunklen Aura umgeben ist?»

«Du meinst den piekfeinen Geschäftsmann mit dem Aktenkoffer? Was soll mit ihm sein?»

Die beiden bewegten sich etwas näher heran und beobachteten ihn so unauffällig wie möglich.

«Bis vor Kurzem war dieser Mann noch ein hoher Politiker und einflussreicher Wirtschaftsboss», erklärte Astra leise.

«Doch dann wurde er bei einem hinterhältigen Anschlag getötet und vorzeitig aus dem Leben gerissen. Da er sehr viel weltliche Macht besaß, hatte er natürlich auch dementsprechend viele Gegner und Neider.»

«Aber wieso ist er denn so unheimlich wütend?», fragte Elina wissbegierig.

«Das sind seine niederen Instinkte und Leidenschaften, die noch in ihm auflodern. Weil er noch gar nicht realisiert hat, dass er soeben gestorben ist und sich in der jenseitigen Astralwelt befindet, ist er noch immer von denselben Ideen und Vorstellungen erfüllt wie in seinem irdischen Leben.

Der Arme kann einfach nicht loslassen, weil er immer noch so sehr auf seinen Alltag in der dreidimensionalen Welt fixiert ist. Wie du gleich sehen wirst, will er sich vermutlich gar nicht helfen lassen.»

Schließlich näherten sich Elina und der Astralwanderer dem gestressten Geschäftsmann vorsichtig.

«Hallo, mein Freund. Ich bin hier, um dich zu informieren, dass du soeben gestorben bist», sprach ihn Astra behutsam an, «dein Aktenkoffer mit dem ganzen Geld drin wird dir hier nichts mehr nützen. Du kannst ihn also ruhig aus deinem verkrampften Griff loslassen.»

«He, wer zur Hölle bist denn du?», schnaubte der Mann misstrauisch. «Lass mich gefälligst in Ruhe. Ich gebe dir nichts von meinem Geld. Mit Trickdieben, Schmarotzern und anderem üblen Gesindel kenne ich mich bestens aus, das kannst du mir glauben.

Außerdem habe ich sowieso keine Zeit für irgendwelche Plaudereien. Ich muss nämlich noch dringende Geschäfte abschließen.»

«Siehst du?», sagte Astra zu Elina. «Er denkt tatsächlich, dass er sich noch mitten in seinem verflossenen Leben befindet. Dieser Zustand dauert so lange an, bis er endlich zur Vernunft kommt und sich von den geistigen Helfern in die nächsthöhere, lichtvollere Sphäre führen lässt.»

«Dieses Schauspiel erinnert mich irgendwie an

eine Tragikomödie», meinte Elina nachdenklich, «man weiß nicht so genau, ob man dabei eher lachen oder weinen soll.»

«Das hast du richtig erkannt», pflichtete ihr Astra bei, «jedenfalls ist es wichtig, dass du dir über Folgendes im Klaren bist, wenn du wieder auf die Erde zurückkehrst.» Er sammelte sich kurz, um die richtigen Worte zu finden. Dann fuhr er mit seinem kosmischen Unterricht fort.

«Die Bewohner der Astralwelt können die Menschen sowohl zu guten, leider aber auch zu bösen Taten anstiften. Man kann sich jedoch gegen ungebetene Gäste, das heißt negative Einflüsse, schützen. Andererseits ist es selbstverständlich auch möglich, sich für willkommene Eingebungen empfänglich zu machen.»

«Du meinst das, was wir für gewöhnlich Inspirationen aus höheren Welten nennen?»

«Ganz genau. Denn wisse, dass jede Gedankenschwingung aus äußerst feinem Stoff gewebt ist und gemäß dem universellen Gesetz von Ursache und Wirkung mit mathematischer Präzision auf den Urheber zurückfällt.»

Der Geschäftsmann hörte dem seltsamen Gespräch mit einer Mischung aus Neugier und Widerwillen zu.

«Ähm ... Entschuldigung», unterbrach er die beiden in plötzlich sehr höflichem Tonfall, ja beinahe etwas verlegen.

«Ich heiße übrigens Ralf. Habe ich das eben richtig mitgekriegt? Diese junge Dame darf wieder zurück auf die Erde, um ihr Wissen dort weiterzugeben? Und ich bin also tatsächlich mausetot? Wenn das wirklich so ist, dann hätte ich noch eine Bitte.»

Nach einer kurzen Pause fügte Ralf, der nun auf einmal wie verwandelt wirkte, mit leiser, beinahe flehender Stimme hinzu. «Sozusagen einen letzten Wunsch. Ist mir wenigstens *das* vergönnt?»

«Na schön», meinte Astra verständnisvoll, «wir werden sehen, was sich machen lässt. Das hängt natürlich ganz davon ab, was du dir denn genau wünschst.»

«Mein letzter Wunsch wäre, dass Elina und ich einen Körpertausch machen», sprudelte es aus Ralf heraus.

Dann wandte er sich direkt an Elina. «Nur für vierundzwanzig Stunden. Das heißt, du bleibst so lange hier in dieser traumartigen Geisterwelt, während ich mit meinem feinstofflichen Astralkörper in deine grobstoffliche Körperhülle schlüpfe.

Dann könnte ich wenigstens noch alle unerledigten Geschäfte sauber abschließen, ein bisschen Geld verprassen und vor allem der Polizei mitteilen, welche Gruppe von skrupellosen Leuten hinter diesem hinterhältigen Mordkomplott gegen mich steckt.

Währenddessen könntest du dir mit deinem Gefährten hier eine schöne Zeit machen und die Gegend ein bisschen auskundschaften. Na, was haltet ihr von dieser genialen Idee? Ich meine ... das wäre doch eine klassische Win-win-Situation für alle, oder?»

«Hmmh, ich weiß nicht so recht», erwiderte Elina skeptisch, «erstens ist mein Körper auf der Erde alt und gebrechlich. Zweitens könnte ich mir vorstellen, dass so ein Körpertausch aus verschiedenen Gründen eine ziemlich heikle Angelegenheit ist.

Und drittens: Wer garantiert mir denn, dass du nach vierundzwanzig Stunden auch wieder hierher zurückkehrst? Dann hätte meine Katze Lilly nämlich bestimmt keine Freude.»

«Keine Sorge», versuchte Ralf, ihre Zweifel auszuräumen, «ich werde pünktlich wieder hier auf der Matte stehen. Großes Indianerehrenwort. Außerdem habe ich so viel Geld, dass ich deine geliebte Katze nur mit dem allerbesten Futter verwöhnen werde.»

«Wenn das so ist, dann bin ich grundsätzlich mit deinem letzten Wunsch einverstanden», schmunzelte Elina abenteuerlustig, «was meinst du dazu, Häuptling Astra?»

«Ach, was diese verspielten Erdenkinder immer für komische Ideen haben», seufzte der Astralwanderer in gespielt theatralischem Tonfall. «Wohnungstausch, Jobtausch, Autotausch ... und jetzt neuerdings auch noch Körpertausch. Na ja, was soll's, von mir aus. Aber allerhöchstens vierundzwanzig Stunden, versprochen?»

«Versprochen», jubelte der emsige Geschäftsmann laut, während sich seine eben noch dunkle Ausstrahlung vor Freude um ein Vielfaches aufhellte.

Allmählich begann die harte Schale, die sich in all den Jahren seines Lebens als eine Art Schutzmechanismus um seine Seele gelegt hatte, zu schmelzen.

Der Körpertausch

So kam es also, dass sich die Seele von Ralf wenig später bereitmachte für eine temporäre Rückkehr auf die Erde. Nach einigen wichtigen Instruktionen von Astra ging es schließlich los und kurz darauf – schwuppdiwupp – erwachte er auch schon im Körper von Elina, der immer noch auf dem Sofa im Wohnzimmer ruhte. Abgesehen von Lilly, der Katze, merkte niemand, dass in diesem Körper jetzt eigentlich ein anderer Geist steckte. Elina alias Ralf beabsichtigte, während diesem begrenzten Erdenaufenthalt jede Sekunde voll auszunutzen, denn die Zeit war jetzt wirklich ein höchst kostbares Gut.

Zuerst meldete sich Ralf bei der nächstbesten Polizeistation, wo er das an ihm begangene Verbrechen mittels einer kleinen Notlüge aufklärte. Denn er konnte den Beamten ja schlecht erzählen, dass er eigentlich bereits tot sei, sich aber mithilfe von einem feinstofflichen Astralwanderer schnell den Körper einer alten Frau ausgeliehen habe, um den Mord an ihm eigenhändig aufzuklären.

Anschließend bereinigte er noch sämtliche privaten Angelegenheiten sowie sonstigen wichtigen Geschäfte, die noch offen waren. Danach hatte er eigentlich vor, so viel Geld wie nur möglich zu verprassen und sich einen schönen, letzten Tag auf der Erde zu gönnen. Freundlicherweise hatte Ralf dank einer Spezialvereinbarung mit Astra den Zugang zu sämtlichen Bankdaten aus seinem ehemaligen Leben erhalten. Natürlich konnte er nicht wissen, dass ihn Astra mit dieser noblen Geste nur testen wollte. Aber Ralf merkte tatsächlich relativ schnell, dass er sich inzwischen irgendwie verändert hatte.

Wie durch ein Wunder hatte sich seine ansonsten sehr materialistische Wahrnehmung plötzlich in eine sozialere Denkweise verwandelt. Das heißt, er verspürte gar nicht mehr den eitlen Wunsch, möglichst viel Geld für irgendwelchen luxuriösen Schnick-schnack auszugeben. Sein kurzer Aufenthalt in der Astralwelt hatte ihn, bildlich gesprochen, aus dieser engen Zwangsjacke befreit, welche die Erdenbürger in ihrem täglichen Existenzkampf normalerweise sehr einschränkt.

Jetzt spürte Ralf diesen unerträglichen wirtschaftlichen und sozialen Druck jedoch nicht mehr, der ihn sein Leben lang geplagt hatte. Zum ersten Mal seit langer Zeit war er wieder fähig, seine Gedanken auf würdigere Dinge zu lenken als bloß auf Geschäfte, Karriere und Statussymbole. Weil er dermaßen ergriffen war von diesem neugewonnenen Lebensgefühl, merkte Ralf gar nicht, dass ihm vor Erleichterung und Dankbarkeit ein paar Tränen die Wange hinunterkullerten.

«Meine Güte», dachte er mit pochendem Herzen, «ich fühle mich so unglaublich frei. Wieso merke ich erst jetzt, dass ich in meinem vergangenen Leben als Politiker und Geschäftsmann so viel Zeit mit unwichtigen Dingen verschwendet habe? Wenn ich das alles nur schon früher gewusst hätte, dann wäre alles anders gekommen.»

Ja, im tiefsten Herzen war Ralf eigentlich immer ein guter Mensch gewesen. Aber wie so viele andere wurde auch er im Laufe des Lebens schlichtweg verdorben vom enormen Leistungsdruck, der in dieser zutiefst gestörten Gesellschaft herrscht. In einer Gesellschaft, wo man nur etwas wert ist, wenn man es, materiell gesehen, zu etwas bringt.

«Okidoki, kleine Planänderung», sagte er zu sich selbst, «vielleicht kann ich ja einiges von dem wiedergutmachen, was ich damals verbockt habe. Wenn ich schon diese einmalige Gelegenheit erhalten habe, dann will ich auch das Beste daraus machen.»

Als Erstes ging Ralf in ein großes Blumengeschäft, wo er den halben Laden leerkaufte. Mit all den farbigen, herrlich duftenden Blumen schmückte er anschließend, fröhlich vor sich hin summend, die Wohnung von Elina. Wenn sie am nächsten Tag in ihr Heim zurückkehren würde, sollte sie in einem wahren Meer aus Blumen erwachen.

Zusätzlich kaufte er ihr noch ein paar weitere Geschenke, die er auf dem liebevoll dekorierten Küchentisch platzierte. Auch die verbleibenden paar Stunden wollte er noch dazu benutzen, um möglichst viel Gutes auf der Erde zu tun. Es bestand kein Zweifel daran, dass Ralf innert kürzester Zeit an Charakterstärke und wahrer Menschlichkeit zugelegt hatte.

Inzwischen genoss Elina die zusätzlich gewonnenen vierundzwanzig Stunden ebenfalls in vollen Zügen. Obschon so etwas wie Zeit in der geistigen Welt natürlich nicht existiert. Oder zumindest nicht in derselben Form wie auf der Erde. In diesem Sinn war sie sozusagen zeitlos glücklich.

Hier, in diesem zauberhaften Reich, jenseits der irdisch-planetarischen Beschränkungen, war buchstäblich alles möglich. Astra führte sie durch unzählige Welten, die sich alle voneinander unterschieden. In den finsteren Bereichen der niederen Astralsphären begegneten sie äußerst hässlichen Kreaturen, die sie mit allen Kräften in ihrem Höllenreich festhalten wollten.

Danach besuchten die beiden etwas gemäßigtere Gefilde, wo es ungefähr ähnlich aussah wie auf der

Erde.

«An Orte wie diese gelangen nach ihrem Ableben normalerweise die Durchschnittsmenschen, die nichts von spirituellen Dingen verstehen», erklärte Astra bereitwillig.

«Nach dem sogenannten Todesschlaf, oder besser gesagt Genesungsschlaf, erwachen sie erfrischt in einer der vielen Auferstehungshallen, wo sie von Lichtwesen betreut werden. Aber weil es hier so ähnlich aussieht wie auf der guten alten Erde, dauert es bei den meisten ziemlich lange, bis sie überhaupt einmal begreifen, dass sie nun endgültig das Zeitliche gesegnet haben.»

Schließlich reisten die zwei Gefährten weiter in höhere Dimensionen, wo es nicht nur märchenhaft schöne Landschaften und Städte gab, sondern auch überirdisch lichtvoll strahlende Geschöpfe.

«Das ist meine derzeitige Heimat», verkündete Astra in feierlichem Tonfall, «es ist mir eine Ehre, dich als Gast hier willkommen zu heißen.»

Elina war sichtlich gerührt vom wunderschönen Anblick, den ihr dieses magische Zauberland bot.

«Wow, ich weiß gar nicht, was ich sagen soll», murmelte sie andächtig vor sich hin, «mir fehlen buchstäblich die Worte. Aber was genau meinst du mit *derzeitiger Heimat*?»

«Dieser Ort entspricht momentan schwingungsmäßig meinem seelischen Entwicklungsgrad», beantwortete er ihre Frage geduldig. «Aber sobald ich meine Erfahrungen hier gesammelt habe und reif bin für den nächsten Schritt in meiner kosmischen Laufbahn, dann geht die Reise weiter. Stufe um Stufe aufwärts, immer schön himmelwärts. Ein unendlicher Weg, der niemals aufhört.»

Dann fügte Astra augenzwinkernd hinzu: «So ähnlich wie beim Lied *Stairway to Heaven*. Das erwähne ich bewusst, um dich an deine Jugendzeit zu erinnern. Denn wie du ja selber weißt, hast du dir bereits in jungen Jahren ständig Gedanken über solche philosophischen Fragen gemacht.»

«Ja, natürlich erinnere ich mich nur zu gut an die schöne Jugendzeit. Aber für meine Begriffe ist das hier ehrlich gesagt schon Paradies genug», bemerkte Elina staunend wie ein Kind an Weihnachten. «Ich meine, was will man noch mehr?»

«Tja, das würden wohl die meisten Menschen ebenso sehen, die das aus irdischer Sicht betrachten. Aber aus der kosmischen Perspektive ist natürlich alles relativ», sprach der weise Lehrer ruhig, «hier sind materielle Dinge nicht mehr wichtig. Dafür legt man viel mehr Wert auf geistiges Wissen. Denn schlussendlich zählt einzig und allein nur derjenige Fortschritt, welcher der Seele dient. So etwas wie Konkurrenzdenken gibt es hier nicht, alle arbeiten in völliger Harmonie zusammen.»

«Dann ist tot sein also gar nicht so schlimm, wie alle immer meinen», stellte Elina beruhigt fest.

«Das kommt natürlich immer ganz darauf an, wie man gelebt hat», ergänzte Astra mahnend, «deshalb ist es ja auch so ungeheuer wichtig, dass jeder Mensch stets versucht, ein anständiges, das heißt ethisch und moralisch einwandfreies Leben zu führen.

Denn irgendwann bekommt jeder Einzelne in irgendeiner Form die Quittung für seine Taten präsentiert. Was man sät, das erntet man eines Tages. Im Guten wie im Schlechten.»

«Ich denke, diese Lektion habe ich nun definitiv verstanden», gähnte Elina erschöpft, «aber sag mal, wieso fühle ich mich plötzlich so wahnsinnig müde?»

«Das liegt daran, dass die vierundzwanzig Stunden schon bald vorbei sind. Dein physischer Körper auf der Erde ruft dich zurück. Wenn der gute Ralf nicht bald hier aufkreuzt, dann haben wir ein kleines Problem.»

Inzwischen hatte Ralf auf der Erde alles erledigt, was er sich vorgenommen hatte. Und das erst noch mit dem alten, beziehungsweise nicht mehr ganz so dynamischen Körper von Elina. Wie mit Astra vereinbart, legte er sich nach genau dreiundzwanzig Stunden und fünfundfünfzig Minuten auf das Sofa im Wohnzimmer.

Dann träufelte er sich exakt drei Tropfen von einer bräunlich schimmernden Flüssigkeit auf die Zunge, die ihm Astra extra für diesen Zweck in einem winzigen Behälter mitgegeben hatte. Dabei handelte es sich um denselben Zaubertrank, der zuvor auch schon Elina in das geheimnisvolle Reich der Astralwelt katapultiert hatte. Wenige Sekunden später schlief der Körper von Elina erneut friedlich ein – und der hellwache Geist von Ralf entwich sanft aus ihm.

Der Kreis schließt sich

Während Astra und Elina mehr oder weniger entspannt plaudernd durch einen zauberhaft schönen Wald schlenderten, wurde sie immer schwächer, bis sie sich schließlich vor Erschöpfung kaum mehr auf den Beinen halten konnte.

«Es tut mir leid, aber ich muss mich kurz hinsetzen», murmelte sie ganz benommen, «wie es aussieht, bin ich nun endgültig am Ende meiner Kräfte angelangt. Ich denke, so etwas wie eine astrale Schlafkur würde mir momentan ganz guttun.»

Genau in dem Moment, als sich Elina hinsetzte und mit dem Rücken an einen mächtigen, mit Moos bewachsenen Baumstamm lehnte, passierte einmal mehr etwas Wundersames. Direkt vor ihren Augen begann auf einmal die Luft zu vibrieren.

Dann bildete sich aus diesem zunächst unscheinbar anmutenden Phänomen allmählich ein farbiges, wolkenartiges Gebilde, das sich immer mehr verdichtete. Kurz darauf kristallisierte sich eine menschliche Gestalt aus dieser Wolke heraus, die man eindeutig als Ralf identifizieren konnte.

«Hallihallo, da bin ich wieder», rief er bestens gelaunt, «pünktlich auf die Sekunde, wie abgemacht.»

«Puh, bin ich froh, dass du deinen Seelenvertrag eingehalten hast», seufzte Astra erleichtert, «denn die Zeit drängt. Elina muss sofort in ihren eigenen Körper zurück, bevor die Silberschnur reißt und die Verbindung endgültig gekappt ist. Aber abgesehen davon, wie ist es bei dir gelaufen?»

«Oh, perfekt», lächelte Ralf triumphierend, «nun bin ich endlich komplett im Reinen mit mir. Dank euch beiden kann ich mein altes Leben jetzt mit gutem Gewissen abschließen. Auch wenn es leider nicht so wahnsinnig toll geendet hat. Aber das ist ein anderes Thema, wie du ja weißt. Jedenfalls vielen Dank für alles.»

«Es freut mich, das zu hören», nickte ihm Astra freundlich zu, «in dem Fall war die *Mission Körpertausch* also für beide erfolgreich. Denn auch Elina konnte von ihrem verlängerten Aufenthalt hier in der Astralwelt profitieren und einiges lernen. Elina ...?»

Entsetzt starrten Astra und Ralf auf den Baumstamm, an dem sich Elina eben noch erschöpft angelehnt hatte. Die beiden konnten gerade noch sehen, wie sich ihr jugendlicher Ätherleib langsam auflöste. Elina hauchte noch ein leises *Danke, meine lieben Freunde* in die Runde. Dann hob sie, beinahe schon unsichtbar, die Hand zum Abschiedsgruß. Einen Augenblick später war sie verschwunden.

Miau, begrüßte Lilly ihr Frauchen euphorisch. Laut schnurrend schmiegte sie ihr pelziges Köpfchen zärtlich an das Gesicht der alten Dame.

«Astra? Ralf?», stammelte Elina mit entrücktem Blick, während sie sich langsam aufrichtete. «Ach Lilly, du bist es. Weißt du, ich hatte einen sehr seltsamen Traum.»

Als Elina, immer noch schlaftrunken, auf dem Sofa saß und Lillys schwarz glänzendes Fell kraulte, bemerkte sie etwas Ungewohntes. Denn ihr gesamtes Wohnzimmer war mit bunten, herrlich duftenden Blumen geschmückt. Bei diesem prachtvollen Anblick kam auch auf einen Schlag die Erinnerung an das soeben Erlebte wieder zurück.

«Nein, Lilly, das war kein Traum», sagte sie zu ihrer immer noch schnurrenden Katze, «ich habe das alles tatsächlich erlebt. Jetzt kann ich mich sogar wieder an jede Einzelheit dieser fantastischen Seelenreise erinnern. Ach du meine Güte, das ist ja unglaublich.»

Als Elina aufstehen wollte, merkte sie relativ schnell, dass sie sich nun wieder mit ihrem alten, schwerfälligen Körper abplagen musste.

«So, jetzt brauche ich zuerst einmal einen starken Kaffee», sprach sie mit sich selber. Kurz darauf entdeckte sie auf dem Küchentisch nebst den weiteren zahlreichen Geschenken von Ralf auch einen handgeschriebenen Dankesbrief von ihm.

«Oh Lilly, mein Schatz. Wenn du wüsstest, was ich alles erlebt habe», redete sie ganz aufgewühlt mit ihrer Katze, die sie aufmerksam anblickte. «Wer weiß, vielleicht sollte ich das alles aufschreiben, bevor ich es wieder vergesse? Oder was meinst du dazu?»

Als Antwort kam wie so oft ein bestätigendes Miauen.

Noch am selben Abend setzte sich Elina hin und begann, diese einmalige Geschichte in Form eines spannenden Romans niederzuschreiben. Noch konnte sie natürlich nicht ahnen, dass daraus im Laufe der Zeit tatsächlich ein ganzes Buch entstehen sollte. Geschweige denn eines, das später einmal erst noch viele Leute inspirieren sollte. Der Titel dieses zukünftigen Bestsellers lautete kurz und bündig: *Elina und der Astralwanderer.*

10

Der himmlische Hassprediger

Krisensitzung im Himmel

«Meine Güte, da unten auf der Erde ist die Kacke ja gerade wieder einmal mächtig am Dampfen», stöhnte der liebe Gott müde, «und der Gipfel ist, dass diese bekloppten Menschen das meiste von dem ganzen Schlamassel auch noch in *meinem* Namen anrichten. Krieg, Zerstörung, religiöse Konflikte ... das volle Programm eben.»

Tja, die wöchentliche Krisensitzung im Himmel war normalerweise alles andere als ein Zuckerschlecken. Denn mittlerweile wussten nicht einmal mehr die Götter, wie sie mit dieser total verrückt gewordenen Spezies auf diesem winzig kleinen Planeten, der sich irgendwo in der hintersten Ecke des Universums befand, verfahren sollten.

«Hey, Leute, wieso schicken wir nicht eine Flutwelle und spülen diese nervigen kleinen Scheißer einfach weg?», schlug der Protokollführer mit erhobenem Zeigefinger vor.

«Ach, diese Nummer mit der Sintflut haben wir ja vor ein paar tausend Jahren schon einmal durchgezogen», seufzte Gott ratlos, «und was hat es gebracht? Nichts. Nada. Zero. Kaum hatten sich diese Dödel wieder aufgerappelt, schlugen sie sich gleich von Neuem munter die Köpfe ein, als wäre nichts gewesen. Aber zäh und unverwüstlich sind sie, das muss man ihnen lassen.»

«Wie wäre es denn, wenn wir einfach kurz und schmerzlos einen gigantischen Meteoriten da reinkrachen lassen?», meldete sich ein ranghoher Erzengel zu Wort, während er genüsslich an seinem heißen Tee nippte. «So eine Art kosmisches Billard sozusagen. Ein kurzes Rumpeln – und schwuppdiwupp – sind wir alle Probleme ein für alle Mal los.»

«Na ja, ich weiß nicht so recht», meinte Gott achselzuckend, «das ist wohl auch nicht gerade die eleganteste Lösung. Immerhin haben wir so lange an dieser Spezies herumgebastelt, bis sie endlich halbwegs selbstständig war.»

«Aber diese närrischen Menschen sind ja immer noch nicht selbstständig», brachte es Petrus auf den Punkt, «seitdem irgend so ein Schlaumeier damals die Religionen erfunden und alle Wahrheiten der ursprünglichen Schriften verdreht hat, haben sich diese Kreaturen geistig eher zurückentwickelt anstatt vorwärts.

Verdammt, schaut euch doch bloß einmal diese kranke Scheiße an, die da unten ständig abläuft. Auf der einen Seite der Welt sitzen irgend so ein paar senile alte Knacker in ihrem römischen Palast und labern wirres Zeug, während sie von Millionen von autoritätsgläubigen Menschen als Gottes Stellvertreter auf Erden angebetet werden.

Ein bisschen weiter östlich terrorisiert eine Horde offensichtlich geistesgestörter Freaks ganze Völker. Gleichzeitig verderben sie ihre eigenen Kinder, indem sie ihnen ihre hirnverbrannten Vorstellungen von einer besseren Welt eintrichtern. Als wäre dies nicht genug, verpacken diese elenden Mistkerle ihre Frauen auch noch von Kopf bis Fuß in hässliche, schwarze Müllsäcke. Natürlich alles, weil Gott es angeblich so will.

Ganz zu schweigen von all den verblendeten Irren, die sich ihrerseits für das auserwählte Volk halten und sich gegenseitig in die Luft sprengen. Oder unschuldigen Tieren im Namen Gottes kaltblütig die Kehle aufschlitzen, sämtliche Bildungsinstitute infiltrieren, auf der ganzen Welt Überwachungssysteme zur Massenkontrolle einrichten und so weiter. Ich meine ... was zur Hölle geht auf diesem Planeten eigentlich genau ab? Könnte mir das bitte mal jemand erklären?»

«Okay, okay ... das reicht», hob Gott abwinkend die Hand, «darüber wissen wir ja alle Bescheid. Das beantwortet aber immer noch nicht die Frage, wie wir dieses Irrenhaus endlich unter Kontrolle kriegen.»

«Wie wäre es mit einem elften Gebot?», warf jemand scherzhaft in die Runde. «Es könnte zum Beispiel lauten: *Wenn man keine Ahnung hat, einfach mal die Fresse halten.*»

Darauf brachen alle in schallendes Gelächter aus.

«Das wäre vielleicht gar nicht mal so schlecht», schmunzelte Gott aufgeheitert, «dann wäre es da unten aber ganz schön still. Abgesehen davon glauben die meisten Leute ja sowieso jeden Mist. Jedes noch so begrenzte, von arglistigen Machtmenschen böswillig verfälschte oder zensierte Buch wird gleich als ach so heilig und als die einzige, allgemeingültige Wahrheit angepriesen.»

Darauf schnappte er sich noch ein paar dieser herrlich duftenden Kekse, die Maria extra für die heutige Sitzung höchstpersönlich gebacken hatte.

Während jeder der Anwesenden fieberhaft überlegte, wie man die kaputte, geistig verkümmerte Menschheit endlich zur Vernunft bringen konnte, räusperte sich plötzlich jemand leise am unteren Ende des Tisches.

«Ähm, entschuldigt, Freunde ... aber ich hätte da eventuell eine Idee.»

Gespannt drehten sich alle Köpfe zu jener strahlenden Gestalt um.

«Ja, Jesus, mein Sohn», fragte Gott neugierig, «was möchtest du vorschlagen?»

«Wieso senden wir nicht einfach mal einen himmlischen Hassprediger?», kam der etwas ungewöhnliche Vorschlag. Nach einem kurzen, verwirrten Schweigen brachen erneut alle in schallendes Gelächter aus.

«Einen Hassprediger auf die Erde schicken? Mein lieber Junge, du hast ja vielleicht einen eigenartigen Sinn für Humor, haha. Von denen gibt es ja bereits schon mehr als genug. Genauer gesagt wimmelt es auf der Erde geradezu von durchgeknallten Hasspredigern, verlogenen Heuchlern und sonstigem üblen Gesindel.»

«Ich weiß, aber ich meine es völlig ernst», sprach Jesus unbeirrt weiter. «Denn wenn wir einen Botschafter Gottes oder etwas Ähnliches einschleusen, wird ihm da unten sowieso nur pausenlos in den Arsch getreten ... hey, ich weiß, wovon ich spreche.

Wieso drehen wir also den Spieß nicht einfach um und senden jemanden, der all die Mächtigen zur Abwechslung mal ordentlich in *ihre* fetten Ärsche tritt? Also ich fände es jedenfalls witzig – und verdient hätten sie es ja allemal.»

Allmählich schnallte Gott, worauf Jesus hinauswollte.

«Hmmh, wenn ich mir das genau überlege, dann ist diese Idee eigentlich gar nicht mal so übel. Wer weiß, vielleicht wäre es tatsächlich einen Versuch wert. Hat jemand von euch Jungs zufälligerweise Bock, diese heikle Aufgabe zu übernehmen? Es handelt sich lediglich um einen netten kleinen Ausflug auf die Erde.»

Stille. Nach einer gefühlten Ewigkeit meldete sich schließlich ein schmächtiger Typ namens Luzifer.

«Ach, was soll's. Wenn ihr verweichlichten Warmduscher keinen Mumm in den Knochen habt, dann übernehme ich den Job des Bösewichts eben wieder einmal», bluffte er mit einer gespielt theatralischen Geste, «dauert ja bloß ein paar Jährchen, oder? Außerdem bin ich ja eh immer der Sündenbock.»

«Oh ja, keine Sorge, Mister Großmaul», lächelte Gott zufrieden, «in unserer Zeit gemessen dauert das gemütliche Kaffeekränzchen dort unten nicht einmal drei Minuten.»

«Kaffeekränzchen?», wiederholte Luzifer mit hochgezogenen Augenbrauen.

«Na ja, wir werden sehen ...»

Die Wuttankstelle

Knapp dreißig Jahre später, unten auf der guten alten Erde. Irgendwo in einem Land vegetiert ein junger, frustrierter Typ völlig planlos vor sich hin. Frustriert deshalb, weil dieser faule Kerl absolut nichts draufhat und es demzufolge zu nichts gebracht hat in seinem bisherigen Leben. Obschon er sich natürlich nicht mehr an seine ursprüngliche Mission erinnern kann, hat er sich im Lauf der Zeit selber das wahnsinnig originelle Pseudonym *Luzi Fehr* verpasst, unter dessen Deckmantel er sämtliche Internetforen dieser Welt unsicher macht.

Um seine eigene Unfähigkeit zu kompensieren, hat sich dieser junge Mann nämlich jahrelang eingeredet, der Auserwählte für was auch immer zu sein. Da Luzi von seinen Mitmenschen deswegen ständig nur ausgelacht und gehänselt wurde, schloss er sich eines schönen Tages – wie sollte es auch anders sein – einer Sekte von religiösen Fanatikern an, um sich an der vermeintlich bösen Menschheit für seine selbstverschuldete Unzufriedenheit zu rächen. Es dauerte nicht lange, bis der bis anhin mehr oder weniger unauffällige junge Mann durch entsprechende Umpolung seiner paar wenigen Gehirnzellen zu einem glühenden Hassprediger mutierte; selbstverständlich alles im Namen Gottes.

Mit der Zeit gewannen diese verblendeten Nichtsnutze jedoch immer mehr Macht, sodass sie irgendwann auf die Superidee kamen, einen eigenen Staat zu gründen. Dieser sogenannte Gottesstaat sollte nach ihren eigenen, wirren Regeln funktionieren, die sie fein säuberlich in einem heiligen Buch notierten (selbstverständlich wiederum im Namen ihres selbst kreierten Gottes).

Ausnahmslos alle Mitglieder dieser skrupellosen

Gruppierung waren felsenfest davon überzeugt, dass sie die Guten waren, deren göttliche Mission darin bestand, die ungläubige, dekadente Gesellschaft zu zivilisieren. Natürlich merkte keiner von diesen im Prinzip bemitleidenswerten Dummköpfen, dass sie, wie alle fanatischen Spinner, meilenweit am Ziel vorbeischossen mit ihren vorsteinzeitlichen Ideen.

Die Hauptzentrale ihres zukünftigen Gottesstaates befand sich in einer leeren Fabrikhalle, welche in der Öffentlichkeit schon bald zweifelhafte Bekanntheit unter dem zynischen Namen *die Wuttankstelle* erlangen sollte. Denn an diesem unheiligen Ort wurden unzählige Menschen durch systematische Gehirnwäsche gedanklich vergiftet.

Jeden Tag predigte Luzifer, pardon, ich meine natürlich Luzi Fehr, aufs Neue voller Leidenschaft seine indoktrinierten Vorstellungen von einer besseren Welt. Eine zentrale Rolle bei seinen feurigen Reden spielten stets seine bevorzugten Lieblingsthemen wie Wut, Hass, Angst und Vernichtung. Allen naiven Menschen, die dem illustren Verein dieser selbsternannten Moralapostel, die sich in ihrem Wahn als Weltpolizei aufspielten, beitraten, versprach man Erlösung sowie eine zukünftige Residenz im Paradies.

Den Kritikern hingegen drohte man mit den üblichen, mittelalterlichen Floskeln wie zum Beispiel *Ihr Ungläubigen werdet alle im ewigen Fegefeuer in der Hölle schmoren* sowie diversen anderen flotten Sprüchen, die ebenso gut aus dem Tagebuch eines verwirrten, zwölfjährigen Teenagers hätten stammen können.

Obwohl die normale Bevölkerung dieses stupide, irgendwie fast schon wieder amüsante Gelaber anfänglich nicht sonderlich ernst nahm, wuchs die Besorgnis dennoch rapide. Denn parallel dazu stieg die Anzahl der Anhänger rings um die Wuttankstelle mit beängstigender Geschwindigkeit an.

Als zusätzlichen Anreiz verteilte Luzi allen neuen Mitgliedern Gutscheine, beziehungsweise Wutscheine, mit denen man die inzwischen prominenten Führer der famosen Wuttankstelle höchstpersönlich treffen konnte.

Nach so einem Treffen hatte in der Regel selbst der freundlichste Bürger eine mächtige Wut auf Andersdenkende im Bauch. Diese sogenannten Wutscheine konnte man in etwa mit einem Backstage-Pass für neugierige, abenteuerlustige Groupies vergleichen. Nur mit dem Unterschied, dass man hinter den Kulissen nicht eine coole Rockband, sondern eine hasserfüllte Terrortruppe treffen durfte.

Krieg der Religionen

Während Luzi und seine feinen Kumpels immer radikaler und gewalttätiger wurden, versank das einst friedliche Land immer mehr im finsteren Chaos. Natürlich dauerte es nicht lange, bis sich die Anhänger anderer Glaubensrichtungen derart provoziert fühlten, dass schließlich sämtliche Völker in den Krieg zogen und sich gegenseitig, ähm ... sagen wir mal, entsorgten.

Dieser hübsche kleine Weltkrieg geschah wie üblich im Namen des jeweiligen Gottes, dessen Worte offenbar jede Religion nach ihrem eigenen Gutdünken auslegte. Selbstverständlich war jede Gruppierung hundertprozentig davon überzeugt, die alleingültige Wahrheit zu repräsentieren.

So kam es, dass sich die allerdümmsten Menschen auf diesem Planeten in einer endgültigen, apokalyptischen Schlacht gegenseitig auslöschten – und somit auch sämtliche von Menschenhand manipulierten Religionen und politischen Parteien.

Danach konnte Mutter Erde erleichtert aufatmen, da sie von diesen lästigen Parasiten endlich befreit war. Von diesem historischen Tag an, an dem weltweit alle unterdrückenden, menschenverachtenden und lebensfeindlichen Religionen sowie jegliche Form von Korruption nicht mehr geduldet wurden, herrschte auf der Erde nach langer, langer Zeit wieder *echte* Menschlichkeit. Nachdem Luzi Fehr und seine lustigen Gotteskrieger nicht mehr unter ihnen weilten, lebte der verbliebene Rest der Menschheit friedlich zusammen.

Zurück im Himmel

Als Luzifer wieder zurück in den Himmel kam, saßen Gott und sein Kabinett immer noch im Konferenzraum.

«Hey, Luzi, altes Haus, da bist du ja wieder», begrüßte ihn Gott freudestrahlend. «Wir haben gerade eine kurze Pause eingelegt, während auf der Erde knapp dreißig Jahre verstrichen sind.» Dann wandte er sich lächelnd an die Sekretärin. «Hmmh, der Kuchen schmeckt wirklich vorzüglich. Könnte ich bitte noch ein Stück davon kriegen?»

«Verdammt, während ihr hier gemütlich rumgehangen seid, habe ich mir da unten buchstäblich den Arsch aufgerissen», stöhnte Luzi erschöpft, «und wozu? Alles vergebens!»

«Oh nein, mein Sohn», unterbrach ihn Gott Kuchen mampfend, «ganz im Gegenteil. Du hast ausgezeichnete Arbeit geleistet, gratuliere. Denn erst nachdem du mit deinen wirren Hassreden den gesamten Planeten in ein hochexplosives Pulverfass verwandelt und die halbe Weltbevölkerung souverän gegeneinander aufgehetzt hast, haben die Menschen endlich kapiert, dass sie weder irgendeine selbstkonstruierte Gottheit anbeten noch sonst irgendwelche bescheuerten Rituale abspulen müssen.

Sieh nur, die Völker aller Kulturen leben jetzt endlich in Frieden untereinander und respektieren die Natur mit all ihren verschiedenartigen Lebewesen. *Das* nenne ich wahre Religion. Und nicht das ganze furchteinflößende Geschwafel, das in all den verstaubten Büchern geschrieben steht oder von irgendwelchen selbsternannten Gottesvertretern gepredigt wird. Ich brauche nämlich keine beschissene Vertretung, und schon gar nicht von irgendwelchen drittklassigen Pausenclowns.»

Nachdem Luzifer begriffen hatte, dass er seine ursprüngliche Mission, nämlich Frieden zu stiften, nach seinem Tod schließlich doch noch erfüllt hatte, musste er plötzlich laut lachen.

«Oh Mann, dann ist ja alles cool», prustete er

kopfschüttelnd, «und ich Depp habe da unten rein gar nichts begriffen. So sehr habe ich mich mit meiner Rolle als vermeintlich allmächtiger Sektenführer identifiziert.»

«Verkehrte Welt», murmelte Jesus achselzuckend, «ich wollte damals Liebe bringen und habe Krieg hinterlassen. Und dieser Kerl da legt einfach mal kurz alles in Schutt und Asche und läutet damit so eine Art goldenes Zeitalter ein.»

«Tja, ganz schön abgefahren, nicht wahr, Bruder?», grinste Luzifer verschmitzt.

In diesem Moment rollte die pausbäckige Köchin den mobilen und vor allem unwiderstehlich dekorierten Dessertbuffet-Servierwagen mit einer neuen Ladung Köstlichkeiten herein.

«Als Nachtisch zum Nachtisch gibt es noch eine extra Portion himmlisch süße Götterspeise für alle», verkündete sie mit einem breiten Grinsen.

«Och ... höllisch scharf wäre mir lieber, Mopsgesicht», scherzte Luzifer übermütig.

«Ob himmlisch süß, höllisch scharf, oder wie auch immer», rief Gott fröhlich in die Runde, «haut einfach rein, Kinder ... auf eine glorreiche Zukunft der trotz allem äußerst bewundernswerten Erdenmenschen. Ab jetzt hoffentlich ohne Hassprediger und andere Spaßbremsen.»

«Auf eine glorreiche Zukunft», jauchzten alle im Chor.

Anschließend feierte das gesamte Personal im Himmel noch eine gigantische Party, die bis zum Morgengrauen dauerte.

Musik gut – alles gut. So einfach ist das, dachte DJ

Petrus schmunzelnd, während er zum Auftakt *Heaven and Hell* von Black Sabbath auflegte und alle lauthals mitgrölten.

11

Die missglückte
Flugzeugentführung

*Die folgende Geschichte handelt von drei Freunden,
die gemeinsam eine Flugreise nach Amerika unternehmen wollten ... und plötzlich waren's nur noch
zwei ...*

Endlich war der langersehnte Tag angebrochen. Joe,
Angela und Rosa saßen im Flugzeug nebeneinander
in einer Dreierreihe, bereit für die lange Reise nach
Amerika. Da Rosa noch nie so weit geflogen und
dementsprechend nervös war, machte sie den ersten
Brechbeutel schon voll, bevor das Flugzeug überhaupt
gestartet war.

«Na super, das fängt ja schon mal gut an», dachte
Joe beunruhigt.

Nach dem Start, als bereits einige Minuten vergangen waren, standen plötzlich zwei Männer auf und
stülpten sich je eine *Dick-und-Doof*-Maske über den
Kopf. Mit ihren schwarzen Anzügen sowie der pas-
senden Statur sahen sie den Originalen – Laurel und
Hardy – tatsächlich verblüffend ähnlich. Rosa, die das
für eine Showeinlage des Personals hielt, klatschte vor
Begeisterung juchzend in die Hände.

«Schnauze, verdammt nochmal», schrie der Dün-
ne mit befehlender Stimme, «das ist eine Flugzeug-

entführung! Wir fliegen nicht nach Amerika, sondern nach Ungarn. Soll ich euch verraten, weshalb?»

Darauf herrschte eine beklemmende Stille. Doch die etwas naive Rosa, die das immer noch für einen Scherz hielt, entgegnete munter: «Weil dort die Zahnärzte billiger sind?»

Der Mann zückte eine – offensichtlich unechte – Pistole und richtete sie direkt auf Rosa.

«Falsch», knurrte der Doofe unsicher.

Joe flüsterte Rosa leise zu, dass es sich hier um eine echte Flugzeugentführung handelte, worauf sie sofort kreidebleich wurde und vor Schreck gleich eine zweite Kotztüte verlangte.

Genervt packte der dicke Gangster seinen Kollegen am Arm und fauchte ihn ungestüm an:

«Uganda, du Depp, nicht Ungarn!»

Anschließend richtete er das Wort direkt an die Passagiere: «Es gibt eine kleine Planänderung, Leute – wir fliegen nach Uganda.»

Die beiden sahen nicht nur aus wie Dick und Doof, sie verhielten sich auch genauso.

«Wir sind radikale, militante Tierschützer und wollen mit dieser Aktion gegen den Handel mit Elfenbein protestieren. Wenn ihr euch ruhig verhaltet, wird euch nichts passieren.»

«Nichtsnutzige Lausbuben seid ihr», rief ein alter Mann aus der hinteren Reihe aufgebracht und gestikulierte dazu wild mit einer zusammengerollten Zeitung. «Ich will nach Amerika. Ihr könnt eure Späße von mir aus anderswo treiben, aber nicht hier! Verstanden?»

«Recht hat er», doppelte eine Frau aggressiv nach, die etwa so aussah wie eine bizarre Mischung aus King

Kong und japanischem Sumoringer.

«Halt die Klappe, Godzilla», zischte der Doofe verunsichert, «das gilt auch für dich dahinten, Opa.»

Während er nervös mit der Spielzeugpistole herumfuchtelte, drückte er aus Versehen auf den Abzug. Anstatt einer Kugel spritzte jedoch eine klebrige Flüssigkeit aus dem Lauf, direkt in das bescheuerte Affengesicht von Miss Godzilla.

«Aaahh», krächzte sie hysterisch. «Ich bin blind. Man will mich einschläfern. Hilfe!»

Doch eine Sekunde später verwandelte sich ihr entsetzter Gesichtsausdruck plötzlich in ein dümmliches Grinsen.

«Mmmh, Himbeersirup», fügte sie überrascht hinzu, worauf sich einige Leute ein amüsiertes Kichern nicht verkneifen konnten. Den beiden stümperhaften Entführern hingegen wurde immer unwohler zumute.

«Du, ich glaube, die nehmen uns nicht wirklich ernst hier», flüsterte der Doofe dem Dicken zu, worauf dieser verärgert antwortete:

«Wie auch, du gehirnamputierter Himbeersirup-Bösewicht? Außerdem habe ich dir doch gesagt, dass wir uns anstatt dieser kindischen Masken eine fiese Kriegsbemalung hätten aufmalen sollen. Jetzt haben wir den Salat.»

Daraufhin riss sich der schlaksige Doofmann beleidigt die billige Karnevalsmaske vom Gesicht und rief trotzig in die Menge:

«Ach, ich mache nicht mehr mit. Ich will nach Hause. Sollen doch diese blöden Terroristen die Beine der Elfen in Ungarn auf dem Schwarzmarkt verscherbeln, ist mir doch egal. Außerdem mag ich Salat sowieso nicht.»

Mit einem tiefen Seufzer zog der Dicke die Maske ebenfalls aus.

«Himmelherrgott nochmal, ich habe es dir doch schon tausendmal gesagt. Es geht hier nicht um die Beine von Elfen, sondern von Elefanten, also eigentlich um ihre Zähne. Und diese Viecher leben in Uganda, nicht in Ungarn. Auch wenn die Zahnärzte dort billiger sind.»

«Hä? Aber die Elefanten müssen doch nicht zum Zahnarzt. Oder meinst du jetzt die Elfen?», fragte der Doofe verwirrt. Darauf schmiss der Dicke völlig entnervt seine Karnevalsmaske zu Boden und stampfte darauf herum wie ein kleines Kind.

«Meine Fresse ... ich geb's auf», schrie er völlig verzweifelt. «Polizei, bitte verhaftet mich, sperrt mich ein! Egal was, nehmt mich einfach weg von diesem Bekloppten, bevor ich ihn zu Kleinholz verarbeite!»

Die Passagiere waren mittlerweile derart amüsiert von dieser herrlichen, weil unfreiwilligen, Situationskomik, dass einige von ihnen lachend applaudierten und begeistert *Zugabe, Zugabe* riefen.

Dieses überaus ulkige Schauspiel war dem Piloten natürlich ebenfalls nicht entgangen. Über Lautsprecher wandte er sich an die Fluggäste:

«Ladies and Gentlemen. Sollen wir lieber umkehren und diese beiden Witzbolde der Polizei übergeben, oder wollen wir sie mitnehmen und in Amerika ihrem Schicksal überlassen?»

«Mitnehmen», johlten alle Passagiere – außer Miss Godzilla – im Chor, und so wurde der Flug einstimmig fortgesetzt.

Der seltsame Vanillepudding

Kurze Zeit später servierte das Flugpersonal den hungrigen Gästen (und den noch viel hungrigeren Entführern) eine üppige Mahlzeit. Doch wie sich herausstellte, war mit dem Nachtisch anscheinend etwas nicht in Ordnung gewesen. Denn einige Stunden später klagten alle Passagiere, die von dem süßen Vanillepudding gegessen hatten, über schreckliche Magenschmerzen. Da auch der Pilot davon betroffen war, sah er sich gezwungen, in Island eine Zwischenlandung einzulegen.

Dort wurden etwa zwei Drittel der Fluggäste mit Verdacht auf eine Lebensmittelvergiftung hospitalisiert. Diejenigen, die das Spital gleich wieder verlassen konnten, durften in Reykjavik auf Kosten der Fluggesellschaft in einem Hotel übernachten. Zu den Glücklichen gehörten auch Angela und Joe, die sich nach diesem verrückten Tag bald in ihr Zimmer zurückzogen.

Zu den weniger Glücklichen gehörte Rosa, die sich zusammen mit Dick und Doof sowie Miss Godzilla ein Viererzimmer im Spital teilen musste. Was in jener Nacht genau passierte, weiß niemand so genau. In Insiderkreisen wird jedoch gemunkelt, dass Rosa am Doofmann Gefallen fand und sich der Dicke mit Miss Godzilla prächtig verstand.

Böse Zungen behaupten, der seltsame Vanillepudding hätte ihnen den Verstand geraubt. Jedenfalls staunten Joe und Angela am nächsten Morgen nicht schlecht, als sie von Rosa erfuhren, dass die vier neuen Freunde noch einige Tage gemeinsam in Island verbringen wollten.

«Wir werden den Elfen hier mal ein bisschen Beine machen», scherzte Rosa überschwänglich, «denn Elfenbein ist ja sowieso Mangelware.»

So machten sich die beiden ohne Rosa auf die Weiterreise nach Amerika.

Im Flugzeug begrüßte der genesene Pilot die Passagiere gutgelaunt über Lautsprecher:

«Sehr geehrte Fluggäste, herzlich willkommen an Bord. Ich habe eine gute und eine schlechte Nachricht zu vermelden. Zuerst die gute: Es gibt heute keinen Vanillepudding als Nachspeise.»

Einige Leute klatschten und jubelten ausgelassen, dann fuhr der Pilot fort: «Nun die schlechte Nachricht: Diese Geschichte ist hier definitiv zu Ende.»

Die Passagiere schüttelten verwirrt den Kopf, da sie den eigenartigen Humor des Piloten nicht verstanden.

«Welche Geschichte meint er denn?», fragte Angela stirnrunzelnd.

«Keine Ahnung, wahrscheinlich sind das immer noch die Nachwirkungen des seltsamen Vanillepuddings von gestern», meinte Joe entspannt.

«Aber egal. Hauptsache, wir fliegen jetzt endlich nach Amerika. *Unsere* Geschichte ist jedenfalls noch lange nicht zu Ende.»

«Oh nein, die hat gerade erst angefangen», lächelte Angela zufrieden, «es sei denn, irgendein Irrer will heute wieder einmal die Welt retten, indem er ein Flugzeug entführt oder weiß der Kuckuck was für Unsinn im Schilde führt.»

«Tja, so ist diese Welt nun einmal», erwiderte Joe

lachend, «niemand weiß, wann der Kuckuck ruft und die letzte Stunde geschlagen hat. Deshalb sollten wir das Leben genießen, so gut es geht.»

Dann machte er es sich auf dem Sitz gemütlich und kramte ein Buch aus der Tasche, dessen Titel lautete: *22 (und eine halbe) fantastische Kurzgeschichten.*

HALBZEIT

(kurzes Intermezzo)

12

Der ehrliche Politiker

Okidoki, Freunde, die erste Hälfte des Buches, zumindest kapitelmäßig, haben wir bereits geschafft.

Eigentlich hatte ich ja ganz spontan die glorreiche Idee, an dieser Stelle so etwas wie ein klitzekleines *Ende-der-ersten-Halbzeit-Scherzchen* einzustreuen. Obwohl so ein grandios-zynischer Titel wie *Der ehrliche Politiker* eigentlich geradezu perfekt geeignet wäre für irgendeine unterhaltsame Pausengeschichte, fällt mir jetzt leider beim besten Willen nichts dazu ein.

Denn so enorm viel Fantasie, um irgendetwas über ehrliche Politiker zu schreiben, habe selbst ich nicht. Und vermutlich auch sonst kein einziger Mensch auf dieser Welt ...

Deshalb heißt es nun: Ende der kurzen Pause und weiter geht's mit der zweiten Halbzeit.

Viel Spaß weiterhin!

13

Der Glückspilz und der Pechvogel

(plus Special Guest: Ulf, der Nasenbär)

Tief im Wald lebte einst ein einsamer, aber zufriedener Pilz. Er wusste zwar nicht, dass er ein Glückspilz war, aber das ist auch gar nicht so furchtbar wichtig. Jedenfalls flatterte eines schönen Tages ein Vogel, der sich offenbar verirrt hatte, ziemlich nervös im Wald umher.

Weil er so wahnsinnig erschöpft war, musste der Arme eine Pause einlegen und setzte sich – zufälligerweise – genau auf den großen, in der Morgensonne wunderschön leuchtenden Pilz.

«Oh je, was bin ich doch für ein elender Pechvogel», jammerte das Tier laut vor sich hin, «dauernd läuft in meinem Leben alles schief.»

«Wenn hier einer Grund zum Jammern hätte, dann wäre das wohl ich», antwortete der Pilz, «denn schließlich hast du dein gefiedertes Hinterteil genau auf meinem Kopf platziert.»

Der Vogel zuckte vor Schreck zusammen und hüpfte rasch auf den weichen Waldboden.

«Huch, nanu? Seit wann können Pilze denn sprechen?», fragte er irritiert.

«Wer hat die Sonne gelb angeschmiert?», erwiderte der Pilz amüsiert. «Wer hat all die vielen Bananen krummgebogen? Und wieso können Fliegenpilze nicht fliegen? Tja, Fragen über Fragen. Nicht wahr, mein Freund?»

«Du hast gut lachen. Du bist ja nur ein einfacher Pilz, der keine Feinde hat. Ich kleiner Vogel jedoch muss ständig darum fürchten, von einem größeren Tier gefressen zu werden. Aber wer isst denn schon Pilze?»

«Menschen zum Beispiel», meinte der Pilz besonnen, «die zerstören und fressen alles, was nicht niet- und nagelfest ist.»

«Menschen? Was bitteschön soll denn das sein, ein Mensch?»

In diesem Augenblick raschelte es im Dickicht und kurz darauf trottete verschlafen ein etwas seltsam aussehendes Tier auf die Waldlichtung.

«Mensch, das ist diejenige Spezies, die sich selbst arrogant und voller Stolz als die Krone der Schöpfung bezeichnet», sprach es mit kluger Stimme, «und sich gleichzeitig schlimmer als das wildeste Monster benimmt.»

Darauf streckte das eigenartige Tier kurz seine rüsselartige Nase in die Höhe, um zu schnuppern, ob die Luft rein ist.

«Gestatten. Ulf, der Nasenbär», sagte er freundlich, «ich bin der sogenannte Special Guest in dieser Geschichte, was auch immer das zu bedeuten hat. Na ja, egal. Hauptsache es tönt cool. Und wer seid ihr zwei Hübschen?»

«Elmer, der Pechvogel», brummelte der unscheinbare Vogel in weinerlichem Tonfall.

«Und ich bin Pilzi, der einsame Waldpilz», frohlockte der andere.

«Lieber ein einsamer, aber glücklicher Pilz im Wald sein als ein Fußpilz am Bein von einem gemein eingesperrten Schwein voller Pein», philosophierte der Nasenbär gutgelaunt vor sich hin.

Nun musste sogar Elmer, der selbsternannte Pechvogel, schmunzeln. Während Ulf, Pilzi und Elmer noch eine Weile gemütlich miteinander plauderten und die friedliche Morgenstimmung im Wald genossen, braute sich nicht weit davon Unheil zusammen.

«Hast du das eben gehört, Fritz?», brummelte jemand mit gedämpfter Stimme. «Ich glaube, da vorne haben sich ein paar Rehe oder Wildschweine versteckt. Halte dein Gewehr schussbereit, wir legen uns auf die Lauer. Vielleicht ist das Glück ja doch noch auf unserer Seite und wir müssen nicht schon wieder mit leeren Händen nach Hause zurückkehren.»

«Ja, wer weiß», kicherte Karl dümmlich, «dieses Mal sollte ich wohl etwas besser zielen. Nicht so wie neulich, als das blöde Vieh einfach nicht totzukriegen war und ich fast meine gesamte Munition verpulvert habe.»

Daraufhin genehmigten sich die beiden gut ausgerüsteten Männer einen kräftigen Schluck Schnaps, ehe sie sich im Unterholz auf die Lauer legten.

«*Das* sind Menschen», flüsterte Ulf, der Nasenbär, vorsichtig, «nehmt euch in Acht vor denen, denn die schießen auf alles, was sich bewegt.»

«Zum Glück kann ich mich relativ schlecht bewegen», meinte der Waldpilz lakonisch, «aber ihr beiden solltet vielleicht besser von hier verduften, wenn euch euer Leben lieb ist.»

«Du hast recht, Pilzi», krächzte Elmer verängstigt, «ich verzieh mich dann lieber mal, bevor mich diese eigenartigen Kreaturen noch über den Haufen schießen.»

Hastig flatterte er auf den nächstbesten Baum, um sich auf einem Ast zwischen den Blättern zu verstecken und die Situation aus sicherer Entfernung zu beobachten.

Ulf, der kluge Nasenbär, wollte sich ebenfalls gerade davonmachen, als es plötzlich zweimal fürchterlich krachte.

«Da vorne auf der Waldlichtung hat sich soeben etwas bewegt», rief Fritz triumphierend, «ich glaube, es war ein Wildschwein. Das gibt bestimmt einen saftigen Braten.»

«Bist du verrückt, Mann?», schimpfte Karl entrüstet. «Du kannst doch nicht einfach wild drauflos ballern, wenn du nicht sicher bist, was sich vor deiner Flinte befindet. Das ist viel zu riskant, selbst wenn wir keine lizenzierten Jäger sind.»

«Tut mir leid», meinte Fritz beschwichtigend, «da ist wohl gerade mein angeborener Jagdinstinkt mit mir durchgebrannt.»

Darauf nahm er erneut einen großen Schluck aus der mit Schnaps gefüllten Feldflasche und reichte sie anschließend an seinen Kumpel Karl weiter, der offensichtlich ein kleines bisschen mehr Grips besaß.

Pilzi, dieser alte Glückspilz, hatte wieder einmal unheimlichen Dussel gehabt. Denn eine Gewehrkugel war haarscharf an ihm vorbeigezischt, während die andere an einem Stein abprallte und als Querschläger irgendwo im Wald verschwand. Wie das Leben so spielt, wurde die zweite Patrone vom Stein dermaßen ungünstig abgelenkt, dass sie steil nach oben sauste und dem vermeintlich gut versteckten Pechvogel Elmer direkt den linken Flügel durchbohrte.

«Ha, ein glatter Durchschuss», ging es ihm noch durch den Kopf. Im selben Augenblick kippte er wie eine umgeworfene Schachfigur nach hinten und fiel mit verdrehten Augen in die Tiefe. Benommen blieb er auf dem mit Laub bedeckten Waldboden liegen, direkt neben seinen Freunden Ulf und Pilzi.

«Was ist passiert? Bin ich tot?», keuchte Elmer starr vor Schreck, während sein kleines Herzchen wie wild pumpte.

Gleichzeitig stürmten die beiden äußerst tapferen Männer aus ihrem Versteck und stampften bedrohlichen Schrittes auf die eben noch friedliche Waldlichtung. Doch zu ihrem großen Erstaunen fanden sie nicht etwa wie erwartet ein üppiges Wildschwein oder einen Hirsch mit wertvollem Geweih vor, sondern bloß einen verwundeten kleinen Vogel sowie irgend so ein komisches Pelztier, das sich fürsorglich um ihn zu kümmern schien.

«Da hast du deine super Beute, du Held», neckte Karl seinen Kumpel, «einen mickrigen Vogel, weiter nichts.»

«Aber vielleicht ist der Pelz dieser anderen Kreatur hier etwas wert, was meinst du?», knurrte Fritz gedemütigt.

Ohne eine Antwort abzuwarten, nahm er sein Gewehr in Anschlag und zielte völlig emotionslos auf Ulf, den freundlichen Nasenbären. Pilzi verfolgte die ganze Szene schockiert mit, aber ein einfacher Waldpilz konnte natürlich nicht allzu viel gegen zwei bewaffnete Männer ausrichten.

Ulf blickte indessen mit weit aufgerissenen Augen direkt in die Mündung des Gewehrlaufs, der sich einige Meter vor ihm befand. Weil er vor Todesangst wie gelähmt war, konnte er sich jedoch keinen Millimeter bewegen.

Genau in dem Augenblick, als der abgestumpfte Freizeitmörder abdrücken wollte, geschah etwas Unglaubliches. Ausgerechnet Elmer, der sich bisher immer für einen nichtsnutzigen, erbärmlichen Pechvogel gehalten hatte, wuchs in diesem alles entscheidenden Moment über sich hinaus und mutierte zum unerschrockenen Supervogel. Trotz starker Schmerzen rappelte er sich wie im Delirium auf und stellte sich heldenhaft, mit ausgebreiteten Flügeln, zwischen die geladene Waffe und seinen Freund Ulf.

«Halt, leg sofort die Knarre weg», piepste Elmer todesmutig, «du kannst Ulf nicht einfach so abknallen. Denn schließlich ist er hier der *Special Guest*. Und jedes Mal, wenn man irgendwo einen Special Guest umlegt, stirbt in der Märchenwelt eine Fee, kapiert?»

Bei diesen eigenartigen Worten erwachte Ulf plötzlich aus seiner eben noch eisigen Todesstarre und kratzte sich irritiert am Kopf.

«Hä? Was verzapfst du da für wirres Zeug?»

«Er hat gesagt, dass eine Fee im Märchenland stirbt, wenn er dir etwas antut», kicherte Pilzi ungewollt amüsiert, «ist das nicht umwerfend komisch?»

«Oh ja, das ist es in der Tat», erwiderte der Nasenbär mit Galgenhumor und konnte sich ein leises Kichern ebenfalls nicht verkneifen.

«Das ist mir einfach so ganz spontan eingefallen», meinte Elmer trocken, «keine Ahnung, was das zu bedeuten hat. Aber ich glaube, die beiden Dödel verstehen uns sowieso nicht.»

Schließlich musste auch Elmer grinsen und kurz darauf wurden die drei todgeweihten Freunde von einem hysterischen Lachanfall regelrecht durchgeschüttelt. Sie lachten sich buchstäblich schief, bis sie nicht mehr stehen konnten und sich kringelnd vor Lachen auf dem Boden wälzten. Außer Pilzi natürlich, denn der konnte sich nicht so gut auf dem Boden wälzen.

Wie auch immer, auf jeden Fall guckten die beiden skrupellosen Männer bei diesem leicht ungewöhnlichen Anblick ganz schön belämmert aus der Wäsche. Da standen sie mit Gewehren bewaffnet irgendwo mitten im Wald und waren gerade dabei, drei fröhliche, scheinbar durchgeknallte Waldbewohner zu erschießen. Das ging natürlich gar nicht.

«Du, Karl», stammelte der Doofe mit der schussbereiten Knarre im Anschlag, «siehst du zufälligerweise dasselbe wie ich, oder habe ich wieder einmal zu tief in die Schnapsflasche geschaut? Machen die sich etwa über uns lustig?»

«Ich weiß zwar nicht, was da los ist», entgegnete Karl plötzlich wie verwandelt, «jedenfalls dürfen wir ihnen nichts antun. Eigentlich sollten wir überhaupt niemandem etwas antun, verstehst du?»

«Äh, ich glaube nicht», murmelte Fritz verwirrt.

«Mir ist gerade jetzt in diesem Augenblick zum ersten Mal in meinem Leben klargeworden, dass es das Niederste vom Niederen ist, wehrlose Geschöpfe auszubeuten, geschweige denn zu töten. Ist das denn nicht ein äußerst beschämendes Armutszeugnis? Niemand braucht solche grobschlächtigen Typen wie wir, und schon gar nicht all die friedliebenden Lebewesen in der unberührten Natur.»

«Aber Karl, was ist denn plötzlich in dich gefahren?», fragte der andere verdattert. «Bist du sicher, dass es dir gutgeht?»

«Oh ja, mir geht es blendend, keine Sorge. Und jetzt leg bitte die Waffe weg, wir verschwinden von hier.»

Fritz tat, wie ihm geheißen, obschon er nun rein gar nichts mehr kapierte. Doch bevor sich die beiden selbsternannten Jäger wieder auf den Heimweg machten, kniete der wie neugeborene Karl andächtig auf den Waldboden und schaute die beiden Tiere lächelnd an (den unscheinbaren Glückspilz bemerkte er gar nicht).

«Hiermit entschuldige ich mich im Namen der unwissenden Menschheit für all die Verbrechen, die wir der Natur und den Tieren bisher angetan haben», flüsterte er leise, sodass ihn sein dumm glotzender Saufkumpan nicht hören konnte.

«Mir ist soeben bewusst geworden, dass es nicht nötig ist, der Natur ständig ins Handwerk zu pfuschen, da alles bereits perfekt organisiert ist. Auch wenn die meisten Menschen auf diesem Planeten dies noch nicht begriffen haben und euch unschuldige Tiere weiterhin quälen, abschlachten und essen werden, so gibt es doch Hoffnung.

Denn wie ihr seht, geschehen manchmal Wunder, und ganz normale Leute wie ich haben von einer Sekunde auf die andere plötzlich den glasklaren Durchblick. Ich bin mir sicher, dass andere Menschen meinem Beispiel folgen werden, und eines Tages wird diese Welt eine bessere sein. Und hey, selbst wenn ihr jetzt natürlich kein einziges Wort verstanden habt, spielt das keine Rolle. Hauptsache, *ich* habe endlich kapiert, worum es geht.»

Dann nickte Karl den vor Demut verstummten Waldgeschöpfen freundlich zu, ehe er sich wieder seinem Begleiter zuwandte. Elmer, Ulf und Pilzi verstanden zwar die Sprache dieses Menschen nicht, aber instinktiv spürten sie sehr wohl, was er ihnen soeben mitgeteilt hatte.

Der auf wundersame Weise veränderte Karl hatte sich bereits zum Gehen gewandt, als er sich plötzlich unerwartet nochmals umdrehte.

«Moment mal», murmelte er besorgt vor sich hin, während er den piepsenden kleinen Vogel anschaute, «du bist ja verletzt. Aber mach dir keine Sorgen, ich werde dich schon wieder aufpäppeln.»

Sachte hob er Elmer auf und verstaute ihn vorsichtig in der Außentasche seines Rucksacks.

«Sag mal, bist du jetzt total bekloppt, oder was?», maulte Fritz kopfschüttelnd. «Du willst doch dieses blöde Federvieh nicht etwa mit nach Hause nehmen, oder?»

«Doch, genau das will ich», erwiderte Karl ruhig, aber entschlossen, «eines Tages wirst du es vielleicht ebenfalls begreifen, so wie ich es heute getan habe.»

Der überraschte Elmer hingegen wusste gar nicht, wie ihm geschah.

«Lebt wohl, meine Freunde», winkte er den anderen beiden zum Abschied zu, «ich weiß zwar nicht, wohin mich meine Lebensreise führt, aber es wird wohl schon alles so kommen, wie es muss. Und wer weiß, vielleicht werden wir uns eines Tages ja wiedersehen.»

«Das werden wir bestimmt», lächelte Ulf, der Nasenbär, zuversichtlich, «bis dahin, mach's gut, lieber Elmer.»

«Und denk immer daran», rief ihm Pilzi aufmunternd hinterher, «du bist nicht etwa ein armseliger Pechvogel, sondern ...».

«... ein strahlender Glückspilz, so wie du», beendete Elmer den Satz erleichtert.

Als wäre es ein Zeichen des Himmels, brach genau in diesem Moment ein mystisch hell leuchtender Sonnenstrahl durch die prächtigen Bäume des Waldes, während die beiden Männer mit Elmer im Gepäck schweigend davonstapften.

Anmerkung des Autors:
Dass sich die folgende Geschichte zu einer völlig irren, gugelhupfigen Scheibenwürfel-Trilogie entwickeln würde, war eigentlich überhaupt nicht geplant. Aber irgendwie hat sich das halt wieder einmal einfach so ergeben. Hmmh, wenn ich so viel Geld hätte wie komische Ideen, dann wäre ich schon längst Millionär ...

14

Als die Welt noch eine Scheibe war

Wie üblich am Montag trafen sich zwei philosophisch veranlagte Steinzeitmenschen in einer Höhle zu ihrem wöchentlichen *Plaudern-über-Gott-und-die-Welt*-Nachmittag. Nennen wir die beiden Kumpels einfach-heitshalber *Neander* und *Taler*.

«Also, diese primitiven Menschen in dieser Sippe gehen mir allmählich schon ein bisschen auf den Keks», meinte Neander frustriert. «Meine Frau labert den ganzen Tag nur Stuss, mein Nachbar in der Höhle nebenan hat ein Burn-out vom vielen Jagen und überhaupt ... immer dieser ständige Konkurrenzkampf in dieser nervigen Leistungsgesellschaft.»

«Ich verstehe dich total, Buddy», entgegnete Taler schulterzuckend, «die Welt ist komplett verrückt geworden. Wir Menschen sind schon längst zu gleich-geschalteten, geistig völlig abgestumpften Kreaturen mutiert, abgetrennt von der allwissenden Quelle.

Sieh doch nur, wie verzweifelt und verängstigt alle in der stofflichen Welt der Formen umherirren. Eingetaucht in die tiefsten Schatten der materialistischen Welt und demzufolge absolut orientierungslos.»

«Hey, warum gönnen wir beide uns nicht einfach einen kurzen Wellness-Urlaub, drüben in Paradise-City?», schlug Neander begeistert vor.

«Du meinst, dort, *where the grass is green and the*

girls are pretty?»

«He, ich wusste gar nicht, dass du Englisch kannst.»

«Ich auch nicht, aber dieses Lied ist halt schon ein Ohrwurm.»

«Welches Lied? Und seit wann hast du Würmer in den Ohren?»

«Seitdem die Dinosaurier ausgestorben sind und *Guns N' Roses* wieder zusammen auf Welttournee sind, verstehst du?»

«Nö, nicht die Bohne. Weshalb sollen die Dinosaurier denn ausgestorben sein? Da draußen vor der Höhle steht doch einer. Und sogar erst noch ein prächtiges Exemplar der seltenen Spezies *Gunsus Rosus Krokusfantus.*»

«Ach, egal», lachte Neander, aufgeheitert von diesem abstrakten Wortwechsel mit seinem noch viel abstrakteren Kumpel Taler, «am besten brechen wir gleich auf nach Paradise-City, bevor dort alle Wellness-Höhlen ausgebucht sind. Wir müssen bloß aufpassen, dass wir am Ende der Welt nicht von der Scheibe fallen. Sonst sausen wir nämlich ruckzuck ins Nichts, in die absolute Dunkelheit und Leere.»

«Ist das etwa dort, wo das universelle Wissen existiert?», fragte Taler aufgeregt. «Gespeichert in der sagenumwobenen Akasha-Chronik? Außerhalb von Raum und Zeit?»

«Yep, genau dort, Amigo.»

Getrieben vom nagenden Gefühl der Begrenzung in der eigenen kleinen Welt, wagten sich die beiden aufgeweckten Neandertaler also auf den unbekannten Pfad der seelischen Bewusstseinsentwicklung. Denn im legendären Paradise-City erhofften sie sich natürlich nicht nur Entspannung und Erholung, sondern vor allem auch Antworten auf die grundlegenden Fragen des Lebens. Motiviert bis in die Rastalocken-Haarspitzen schnappten sie sich das nächstbeste Mammut und ritten voller Abenteuerlust dem Sonnenuntergang entgegen.

Plötzlich tappte das riesige Tier in eine Mausefalle, strauchelte und knallte platt auf die Schnauze. Dabei purzelten die beiden Passagiere hilflos vom breiten Rücken und ... fielen prompt ins schwarze Nichts. Hand in Hand rutschten die beiden Freunde über den Rand der Weltenscheibe und schwebten wie in einem Traum durch Raum und Zeit.

Plötzlich tauchte aus der Dunkelheit Noldi, der notorisch nörgelnde Nachtfalter, auf und faltete die Nacht zusammen.

«So, fertig lustig, meine Herren», brummelte er mürrisch, «eure Reise endet hier. Zurück mit euch, ihr primitiven Neandertaler. Husch, husch, ab ins Körbchen.»

«Was jetzt?», stammelte Neander ganz nervös. «Anzug oder Rückgriff?»

«Du meinst, Angriff oder Rückzug», korrigierte ihn Taler.

«Genau, Anpfiff oder Traumschiff ... ähem, Dünnpfiff, nein ... Nachtisch ... ich meine ...»

«... Rückzug, würde ich mal meinen, ihr Warmduscher», nörgelte Noldi, der Nachtfalter, wie üblich, «sonst ...»

In diesem Augenblick flitzte ein brennender Regenbogen so nah an den drei verdutzten Gestalten vorbei, dass sie alle auf einen Schlag erleuchtet wurden. Im Bruchteil einer Sekunde wurden alle zusammen nach Paradise-City verfrachtet.

Dort trafen die beiden Freunde zufällig auf Kiki, die rebellische Schwarzwäldertorte. Rebellisch deshalb, weil sie nicht von irgendwelchen Menschen aufgegessen werden wollte. Und schon gar nicht von Steinzeitmenschen aus der Scheibenwelt. Aus diesem Grund beschloss sie, sich lieber selbst aufzuessen.

«Wagt es ja nicht, mich anzufassen», brüllte Kiki die beiden erstaunten Höhlenmenschen an, «sonst verschleppe ich euch in eine ferne Galaxie und raube eure Seele ... oder umgekehrt. Kapiert?»

«Wow, cool», schmunzelte Neander beeindruckt, «hier in Paradise-City können sogar die Torten sprechen. Ich glaube, da gefällt es mir.»

Auch sein Kumpel Taler war dermaßen begeistert, dass er vor Freude einen lauten Jubelschrei ausstieß. Durch diesen fremdartigen Laut wurde die rebellische Schwarzwäldertorte jedoch völlig unbeabsichtigt hypnotisiert.

Plötzlich begann sie derart zu schwitzen, dass nicht nur die Schlagsahne schmolz, sondern auch die große Wachskerze auf ihrem Rücken. Während dieser unfreiwilligen Hypnose wurde es Kiki plötzlich bewusst, dass sie in Wirklichkeit eigentlich ihre eigene Zwillingsschwester war. Und dass die sonst schon bedrohte Spezies der rebellischen Schwarzwäldertorten aussterben würde, wenn sie sich selbst aufessen würde.

Als die psychisch angeschlagene Torte schweißgebadet aus der neandertalerischen Urschrei-Hypnose erwachte, hatte sie wie durch ein Wunder plötzlich wieder neuen Lebensmut.

«Hurra», rief Kiki erleichtert, «endlich habe ich die Lösung gefunden. Der allmächtige Tortengott hat mich doch noch erhört. Ich muss einfach die Suppe, die ich mir eingebrockt habe, selber auslöffeln. Und zwar, bevor ich den Löffel abgebe. Oh Mann, wieso bin ich nicht schon früher darauf gekommen?»

Die beiden Neandertaler schauten sich mit fragendem Blick an.

«Ähm, okaaay ... alles klar», stammelte Neander leicht verwirrt, während er sich mit den Fingern an seinem filzigen Bart zupfte, «dann viel Spaß beim Auslöffeln. Ich könnte jetzt erst mal einen kühlen Drink vertragen. Wie sieht's bei dir aus, Taler?»

«Das ist eine hervorragende Idee», antwortete Taler erfreut, «ich glaube, die Hütte da vorne sieht aus wie eine Bar. Zumindest steht da mit großen, leuchtenden Buchstaben geschrieben: *Hard Rock Cafe, Paradise-City*. Hey, Kiki, kommst du mit? Wir laden dich auf ein Stück Kuchen ein.»

«Kuchen?», kam die empörte Antwort wie aus der Kanone geschossen. «Halloooo, jemand zu Hause? Ich bin eine Torte! Ich esse keinen Kuchen! Wir Torten mögen keine ...»

«... ach, dann vergiss es doch einfach, du alberne Knalltüte», unterbrach Taler die gestörte Schwarzwäldertorte genervt, «komm, Neander, gehen wir. Wir haben hier schon genug Zeit verplempert.»

«Torte, nicht Tüte, ich ...»

«Schnauze.»

Wenig später, in der hübsch eingerichteten Bar:

Weil alle Tische bereits besetzt waren, wurden die

beiden Freunde kurzerhand am runden Stammtisch platziert. Dort saßen wie jeden Tag die vier überaus schillernden Stammgäste. Aufgeregt und wild durcheinander plappernd stellten sich die vier Damen den beiden Fremden vor als Miss Piggy, Piss Miggy, Kiss Twiggy und Spliss Kigi.

«Hey, Mädels», sagte Neander lässig, «wir sind zwei Touristen aus der Scheibenwelt und sind hier nur auf der Durchreise.»

«Oh, Scheibenwelt-Touristen», plauderte Spliss Kigi munter drauflos, «das ist ja mal was Neues. Wir hatten hier schon Besucher aus der Würfelwelt und sogar aus irgendwelchen runden Kugelwelten. Aber wer hätte gedacht, dass es auch flache Planeten gibt?»

«Wieso? Welche Form hat denn eure Welt?», fragte Taler neugierig.

«Na, eine Pyramide natürlich», kam die prompte Antwort von Piss Miggy, «wir sind eben in jeder Hinsicht topmodern. Und dieser hübsche Ort hier namens Paradise-City befindet sich sogar ganz oben auf der Spitze. Deshalb ist es auch immer ein bisschen windig hier, versteht ihr?»

«Eine Pyramide, haha», lachte Neander laut heraus, «oh Mann, ihr seid mir ja schöne Witzbolde. Wacht auf, Leute. Die Welt ist weder ein Würfel noch eine Kugel oder eine beknackte Pyramide, sondern eine Scheibe. Flach wie ein Brettspiel, okay?»

«Er meint Spielbrett», korrigierte ihn Taler höflich, «die flachen Dinger, auf denen man irgendwas spielen kann. Zum Beispiel Schach oder so.»

«Na schön», meldete sich Kiss Twiggy energisch zu Wort, «ihr zwei struppigen Gestalten glaubt also tatsächlich, dass wir bloß Mist labern? Dann werde ich euch jetzt mal eine Geschichte erzählen.»

«Und wie soll die heißen? Als die Welt noch ein Würfel war?», zog Neander sie auf.

«Jawohl, Struppi. Du hast es erraten. Ganz genau so heißt die Geschichte. Aber hört selbst.»

Darauf begannen die einheimischen Pyramiden-Damen abwechselnd folgende Geschichte zu erzählen: *Als die Welt noch ein Würfel war.*

15

Als die Welt noch ein Würfel war

An einem langweiligen Montagmorgen suchte Sharky, der ewig hungrige Haifisch, den trüben Meeresgrund wie üblich wieder einmal nach irgendetwas Essbarem ab. Sein Hauptproblem bestand darin, dass er weder Fische noch anderes ekliges Zeug wie glitschige Meeresfrüchte oder stinkende Algen mochte.

Tja, Sharky war nun einmal ein sehr wählerisches Kerlchen. Viel lieber als diesen für ihn unappetitlichen Tiefsee-Fraß hätte der kleine Haifisch nämlich Salat gegessen. Einen schönen, frischen, knackigen Salat, garniert mit Nüssen und Beeren – und als Krönung dazu eine herrlich duftende Portion Pommes. Jawohl, genau davon träumte Sharky insgeheim schon sein ganzes Leben lang. Denn als er noch ein winziger Baby-Haifisch war, hörte er oft, wie die älteren Haifische untereinander über die große, weite Welt außerhalb der Ozeane sprachen.

«Damals, als die Welt noch ein Würfel war, hatten wir Haifische so große Flossen, dass wir damit sogar ein Stück weit über Land fliegen konnten», erzählte man sich in Insiderkreisen, «wir waren sozusagen weder Fisch noch Vogel.»

Der Legende nach hieß es, dass vor Urzeiten, als es noch keine Uhrzeit gab, alle Planeten viereckig waren. Doch als die Götter eines Tages zum Zeitvertreib wieder einmal ihr geliebtes Würfelspiel zockten und ein paar viereckige Planeten ein bisschen zu wild durch die Gegend schleuderten, passierte ihnen ein kleines Missgeschick.

Dabei knallte die Erde dummerweise so hart gegen irgendeinen anderen Planeten, dass mit einem lauten Knall sämtliche Ecken und Kanten absplitterten und den vermeintlichen Göttern nur so um die Ohren flogen. Darauf hallte zuerst einmal ein lautes *Scheeeiiiß-ßßeee* durch das gesamte Universum. Tja, kurz darauf erfanden sie dann dafür das Murmelspiel, dank der nun praktischen, runden Form der Planeten.

Aber zurück zu unserem Freund Sharky, der immer noch mit vor Hunger knurrendem Magen durch das Meer irrte und von knackiger Rohkost träumte. Nach einer Weile traf er zufällig seinen alten Kumpel Klaus, die schizophrene Krabbe. Weil der depressiv veranlagte Einzelgänger Klaus von sich selbst immer in der Wir-Form sprach, nannten ihn die Meeresbewohner auch nicht den Einsiedler, sondern spaßeshalber den verrückten Zweisiedler.

«Hey, Klaus, altes Haus. Wie geht's denn so?», begrüßte Sharky den grummeligen Zeitgenossen.

«Uns geht es schlecht», erwiderte Klaus, der Zweisiedler, deprimiert wie immer, «wir sind wieder einmal auf der Flucht vor den Menschen. Sie wollen uns fangen, bei lebendigem Leib im heißen Wasser kochen und anschließend essen. Böse Menschen. Wir wünschen uns so sehr, dass die Welt eines Tages wieder ein Würfel sein wird.»

«Wieso? Wie kommst du denn darauf?», wollte Sharky wissen.

«Na ja, dann könnten wir uns in einer Ecke verkriechen, wo es keine Menschen gibt. Niemand würde jemals wieder auf die abscheuliche Idee kommen, Krabbensalat oder Hummer essen zu wollen. Und wir könnten endlich ohne Angst und in Frieden leben.»

«Hmmh, schön wär's», seufzte Sharky mitfühlend, «aber uns Haifischen ergeht es auch nicht viel besser. Denn wenn einem bei vollem Bewusstsein mit einem großen Schlachtmesser die Rückenflosse abgekackt wird, ist das auch nicht gerade wahnsinnig toll. Das kannst du mir glauben, mein Freund. Meine Großeltern haben erzählt, dass ...»

Doch genau in diesem Augenblick ertönte ein lautes, unheimliches Grollen aus den Tiefen des Meeres.

«Oh, das ist bestimmt ein unterirdisches Seebeben», unterbrach die weinerliche Krabbe den Kollegen, «wir verziehen uns dann lieber mal.»

«Na schön, du Angstkrabbe, dann erzähle ich dir die Geschichte eben ein anderes Mal. Mach's gut», zuckte Sharky verständnisvoll mit den Flossen. Schwermütig seufzend schwamm er davon, nur um kurz darauf auf Marion, die interdimensionale Meerjungfrau, zu treffen.

«Hey, Sharky», keuchte das hübsche Ding aufgeregt, «ich glaube, die Welt bricht auseinander. Toni, der Tintenfisch, hat mir soeben erzählt, dass sie sich wieder zum Würfel umformt.»

«Cool. Heißt das etwa, dass wir Haifische in Zukunft wieder fliegen können?», wollte Sharky voller Vorfreude wissen.

«Keine Ahnung», erwiderte Marion nervös, «jedenfalls sollten wir uns schleunigst in Sicherheit bringen. Schnell, komm mit mir mit. Wir suchen Zuflucht in Paradise-City, bis der ganze Umbruch hier vorbei ist.»

«Paradise-City? Gibt es dort zufällig Salat und Pommes?», fragte Sharky neugierig.

«Na klar, dort gibt es alles, was das Herz begehrt.»

«Okidoki, in dem Fall bin ich startklar.»

Inzwischen war das Wasser vom aufgewirbelten Sand so trüb geworden, dass die armen Fische nicht einmal die eigene Flosse vor dem Gesicht erkennen konnten. Ja, es fühlte sich geradezu so an, als ob eine höhere Macht die ganze Welt umkippen und sämtliche Ozeane ausschütten würde.

Die verängstigten Bewohner konnten in diesem heillosen Durcheinander natürlich nicht erkennen, dass der gesamte Planet, getreu dem Motto *quadratisch, praktisch, gut*, tatsächlich gerade wieder zu einem Würfel umgeformt wurde. Das einzige Lebewesen, das in diesem höllischen Chaos den Durchblick behielt, war Marion, die smarte Meerjungfrau.

Doch auf einmal wurden die beiden, begleitet von einem ohrenbetäubenden Krachen, von einem heftigen Sog nach oben an die Meeresoberfläche gerissen und buchstäblich in die Luft geschleudert.

«Juhuu, wir fliegen», jauchzte Sharky ausgelassen.

Der Gute hatte vor lauter Begeisterung noch nicht bemerkt, dass sich durch all die Explosionen direkt vor ihnen eine gigantische Feuerwand gebildet hatte.

«Halt dich an mir fest, Sharky», rief ihm Marion zu, «wir starten durch.»

Da der kleine Haifisch dummerweise keine Hände besaß, blieb ihm nichts anderes übrig, als sich notfall-

mäßig an der Schwanzflosse der Meerjungfrau festzu-
beißen.

«Diese Feuerwand da vorne markiert die neue
Grenze der Welt», erklärte Marion, «dabei handelt es
sich sozusagen um eine noch heiße Kante des Würfel-
planeten, der gerade neu geschmiedet wird. Am besten machst du einfach die Augen zu, denn wir fliegen
jetzt gleich da hindurch.»

«Mmmhh», kam die leicht nervöse Antwort von
Sharky. Mehr konnte er dazu nicht sagen, weil er
sich mit dem Maul ja immer noch verzweifelt an der
Schwanzflosse der Meerjungfrau festklammerte.

Doch dann ging auf einmal alles ruckzuck. Ein
plötzlich auftretender Sturmwind wirbelte, als wäre es
vom Schicksal so gewollt, direkt auf die zwei kuriosen
Gestalten zu. Noch ehe sie in irgendeiner Art und Weise reagieren konnten, wurde die Meerjungfrau Marion
mitsamt dem Haifisch Sharky im Schlepptau von diesem ultraheftigen Wirbelwind erfasst und im Nu mitten durch die gewaltige Feuerwand hindurchgefegt.

Anschließend glitten die beiden auf einem extra für sie bereitgestellten Sonnenstrahl gemächlich
durch Raum und Zeit.

Szenenwechsel:
gleichzeitig in Paradise-City

Die vier Ladies vom pyramidenförmigen Planeten,
Kiss Twiggy, Piss Miggy, Spliss Kigi und Miss Piggy,
waren soeben dabei, ihre spannende Geschichte zu
Ende zu erzählen.

*Zur Erinnerung: Sie gaben ja den beiden strup-
pigen Touristen aus der Scheibenwelt, Neander und
Taler, etwas Nachhilfeunterricht in Sachen Geschichte.*

«... anschließend glitten die beiden auf einem extra für sie bereitgestellten Sonnenstrahl gemächlich
durch Raum und Zeit», beendete Kiss Twiggy die
höchst eigenartige Story.

«Wow, das ist ja mal eine originelle Geschichte»,
meinte Neander beeindruckt.

«Aber was passierte danach mit den beiden?»,
hakte Taler neugierig nach.

«Ich meine, das kann doch noch nicht das Ende
gewesen sein, oder?»

«Tja, Freunde, da muss ich euch leider enttäu-
schen», zuckte das Pyramiden-Fräulein ahnungslos
mit den Schultern, «denn an diesem Punkt hören die
überlieferten Erzählungen über diese Legende auf.
Wer weiß, was aus Marion und Sharky geworden ist ...
das überlasse ich eurer Fantasie.»

«Im Reich der Mythen und Märchen ist alles möglich», sprach Neander mit erhobenem Zeigefinger,
«vielleicht sind sie ja ...»

Doch mitten im Satz ertönte plötzlich ein lauter Knall in der Bar. Im selben Augenblick ereignete
sich auf der Showbühne gegenüber eine sanfte, bunte
Lichtexplosion aus purem Sonnenlicht. Kurz darauf
erschienen wie aus dem Nichts die Silhouetten von
zwei altbekannten, kuriosen Gestalten. Die anwesenden Gäste der Bar applaudierten zunächst begeistert.
Denn die meisten von ihnen hielten dieses unerwarte-
te Ereignis für einen kleinen Überraschungs-Showef-

fekt, um das Publikum bei Laune zu halten. Nachdem sich die mystische Nebelschwade langsam gelegt hatte, wurde es im Saal auf einmal mucksmäuschenstill.

«Oh Mann, wo sind wir denn da bloß wieder gelandet?», seufzte Sharky theatralisch, während er sich mit einem ziemlich verdutzten Gesichtsausdruck umschaute. «Gibt es hier wenigstens Salat mit Pommes?»

Noch um einiges verdutzter waren jedoch die sechs Gäste, die gegenüber am Stammtisch saßen.

«Na, wenn das mal nicht Sharky und Marion aus eurem Märchen sind, dann fresse ich einen Besen», sprudelte es aus Neander heraus, «außerdem wissen wir jetzt erst noch, wie die Geschichte endet. Und zwar im Hard Rock Cafe in Paradise-City, auf dem wunderschönen Pyramiden-Planeten.»

«Hast du das soeben mitbekommen, Sharky?», flüsterte Marion dem kleinen Haifisch zu. «Anscheinend befinden wir uns auf einem Planeten mit der Form einer Pyramide. Das muss das sagenumwobene Paradise-City sein. Ist das nicht aufregend?»

«Würfel, Scheiben, Pyramiden», zuckte Sharky gleichmütig mit den Flossen, «wo soll denn das noch hinführen? Am Ende kommt vermutlich noch irgendeiner dahergelatscht und will uns weismachen, dass die Erde nun doch eine Kugel ist. Abgesehen davon: Wo ist eigentlich das Meer geblieben? Und wieso können wir hier überhaupt atmen?»

«Das liegt wahrscheinlich daran, dass wir bloß zwei Figuren aus einem Märchen sind», erwiderte Marion leicht bedrückt, «mir ist jetzt gerade klargeworden, dass wir die ganze Zeit über bloß in einer Illusion, das heißt in einer Art künstlich erzeugten Matrix, gelebt haben.»

«Hmmh, sind das jetzt eher gute oder schlechte Neuigkeiten?», fragte Sharky mit trockenem Humor.

«Tja, das kommt ganz darauf an, ob du das Glas als halbvoll oder als halbleer betrachtest.»

Erneuter Szenenwechsel: gleichzeitig auf der Erde, irgendwann im 21. Jahrhundert

Die Mutter klappte das futuristische Märchenbuch für Kinder zu und lächelte ihren achtjährigen Sohn Vinny liebevoll an.

«So, mein lieber Junge. Jetzt ist es aber Zeit zum Schlafen. Die heutige Gutenachtgeschichte ist zu Ende. Ich hoffe, sie hat dir gefallen.»

«Aber Mama, wie kann denn eine Geschichte so enden?», wollte der aufgeweckte Knirps wissen. «Wenn Marion und Sharky bloß Teil eines Märchens sind und all die anderen Figuren in einem noch größeren Märchen mitspielen ... was ist dann mit uns Menschen?

Sind wir etwa ebenfalls nur Spielfiguren, die vom lieben Gott erfunden wurden? Wird heute Nacht auch irgendwo jemand ein großes Buch zuklappen, in dem wir beide bloß mitspielen?»

«Tja, das ist tatsächlich ein großes Rätsel, das bis jetzt noch kein Mensch auf dieser Welt lösen konnte», flüsterte die Mutter, während sie Vinny liebevoll über das Haar strich. «Auf jeden Fall gibt es noch viele Bücher, und noch weitaus mehr Geschichten, die noch nicht erzählt worden sind. Nichts ist so, wie es scheint.

Gute Nacht, mein Lieber.»

«Das verstehe ich zwar alles nicht, aber trotzdem gute Nacht, Mama», gähnte Vinny müde.

In dieser Nacht träumte er, wie unzählige Bücher verschiedener Größe im unendlichen Weltraum herumschwirrten. Jedes einzelne Buch symbolisierte eine in sich abgeschlossene Welt. Obwohl sich diese Bücher auf unerklärliche Weise gegenseitig überlagerten und ineinander verschachtelt waren, waren dennoch sämtliche darin enthaltenen Geschichten voneinander abgekoppelt.

Jede Figur, die irgendwo in einer dieser unzähligen Seifenblasen mitspielte, kannte lediglich ihre eigene kleine Geschichte. Die meisten wussten nicht einmal, in welchem Kapitel von welchem Buch sie gerade lebten.

Und doch gab es überall weise Mitspieler, welche die übergeordneten Zusammenhänge allmählich erkannten. Denn an einigen Stellen, wo der Schleier, der die verschiedenen Dimensionen voneinander trennte, besonders durchlässig war, konnte man ab und zu einen Blick in andere Welten werfen.

In diesem prophetischen Traum war es dem kleinen Vinny aus irgendeinem Grund ebenfalls vergönnt, einen sanften Hauch von der nicht in Worte zu fassenden Ewigkeit zu erhaschen. Dabei erkannte er auch, in welcher Lebensgeschichte er zurzeit gerade mitspielte und was er dabei zu lernen hatte.

Als der Junge am nächsten Morgen aufwachte, lag er noch eine Weile lang still im Bett und dachte über seine nächtlichen Visionen nach. Dieses seltsame Erlebnis hatte sich dermaßen echt angefühlt, dass es ihm jetzt so vorkam, als ob sein irdisches Leben im Prinzip nichts weiter als ein kurzer, vorübergehender Erdentraum war. Aber wie sollte ein Kind wie er mit jemandem über solche Dinge reden können, ohne für verrückt gehalten zu werden?

Also schnappte sich Vinny einfach das magische Buch mit den fantastischen Gutenachtgeschichten, das wie üblich unter seinem Bett lag. Dann las er heimlich schon die nächste Geschichte, weil er nicht mehr bis zum Abend warten wollte. Zu groß war seine Neugier, die nun unwiderruflich geweckt war. Der geheimnisvolle Titel lautete: *Als die Welt noch ein Gugelhupf war.*

16

Als die Welt noch ein
Gugelhupf war

So wie jeden Montagnachmittag trafen sich Neander und Taler in ihrer Lieblingshöhle am vulkanischen Donnerberg. An diesem frostigen Februartag, irgendwann in der Steinzeit, war es wieder einmal bitterkalt. Deshalb wollten die beiden Freunde diesmal nicht bloß nur wie üblich über Gott und die Welt philosophieren, sondern dazu auch noch etwas möglichst Ausgefallenes kochen.

«Hey, Neander, alter Falter», begrüßte Taler seinen besten Kumpel gutgelaunt wie immer. «Mensch, ist das wieder mal eine Saukälte heute. Wenn das Thermometer schon erfunden wäre, dann würde es bestimmt ungefähr minus zwanzig Grad anzeigen.»

«Ja, deshalb habe ich heute extra meinen niedlichen, kleinen Albino-Zwerg-Zottelfant mitgebracht», entgegnete Neander bibbernd, «damit wir uns wenigstens ein bisschen an seinem dicken, kuscheligen Fell aufwärmen können. Darf ich vorstellen? Das ist *Schnurrli*, mein stubenreines Haustier ... ich meine natürlich, Höhlentier.»

Schnurrli stieß ein freundliches Begrüßungsschnurren aus, dann setzte sich das schneeweiße Tier artig in die Mitte des windigen Höhleneingangs.

«Siehst du, wie intelligent er ist?», freute sich Neander. «Der Gute weiß genau, wo er sich platzieren muss, damit die eisige Luft nicht in die Höhle gelangen kann. Aber jetzt habe ich echt einen Bärenhunger. Hast du zufällig eine Idee, was wir heute Leckeres kochen könnten?»

«Oh ja, denn ich habe nämlich auch eine kleine Überraschung für dich vorbereitet», schmunzelte Taler. Voller Vorfreude präsentierte er zwei massive Steinplatten, die er sorgfältig an die Höhlenwand angelehnt hatte. «Tataaa ... darf ich ebenfalls vorstellen? Das sind zwei exklusive Rezepte, die meine Großmutter *Keuli* während der letzten Eiszeit eigenhändig in Stein gemeißelt hat.»

«Wow, da bin ich aber mal gespannt», erwiderte Neander beeindruckt, «immerhin waren die Kochkünste deiner Großmutter Keuli ja weltbekannt. Das heißt, man kannte sie bis ins nächste ... ach was, vermutlich sogar bis ins übernächste Dorf, jenseits des Waldes.»

«In der Tat», meinte Taler nicht ohne Stolz, «jedenfalls ist auf diesen zwei Steinplatten folgendes Rezept eingeritzt: Als Vorspeise gibt es einen astralen Kabbala-Salat nach Keulis Art. Die Hauptspeise besteht aus einer kräftigen, analphabetischen Buchstabensuppe. Als Beilage werden frittierte Sonnenstrahlen serviert.»

«Frittierte Sonnenstrahlen?», lachte sein Kumpel laut heraus. «Was soll denn das bitteschön sein?»

«Ach, weißt du, damals hatten sie halt noch keinen anderen Namen für Kartoffeln. Und wer weiß, vielleicht werden diese gerösteten Kartoffelfritten in ferner Zukunft einmal die ganze Welt erobern.»

«Oh ja, wahrscheinlich verkaufen die das knusprige Zeug dann tonnenweise», scherzte Neander, «vor meinem inneren Auge sehe ich schon, wie all die Verkaufsstände dann beschriftet sein werden: *Mac Keulis Pommesbude.*»

«Du lachst jetzt, aber wenn man noch ein paar zerquetschte Tomaten über diese Dinger leert und ein bisschen Salz darüber streut, schmeckt es tatsächlich ausgezeichnet. Aber das werden wir jetzt gleich ausprobieren.»

«Cool. Aber eine Frage hätte ich trotzdem noch. Wie sieht es eigentlich mit dem Nachtisch aus? Hast du da zufällig auch irgendein exotisches Rezept auf Lager?»

«Aber klar doch», kam die Antwort wie aus der Pistole geschossen, «auch da hat meine Oma Keuli vor langer Zeit eine hauseigene Spezialität kreiert. Und zwar einen sogenannten Gugelhupf. Das ist so eine Art Kuchen, weißt du. Gemäß uralten Legenden soll die Welt ursprünglich ja sogar die Form von einem riesigen Gugelhupf gehabt haben.»

«Was? Du meinst also, bevor die Welt eine kreisrunde Scheibe, ein magischer Zauberwürfel und eine gigantische Pyramide war, hatte sie tatsächlich die Form von so einem kuchenartigen Gugelhupf? Das ist ja absolut unglaublich.»

Nun gerieten die beiden Steinzeit-Philosophen wie so oft plötzlich in eine verzauberte, träumerische Stimmung. Die Idee, dass die Erde einst ein Gugelhupf gewesen sein könnte, zog sie dermaßen in den Bann, dass sie ihren Bärenhunger beinahe vergaßen.

Selbst Schnurrli spitzte gespannt die Ohren, denn das kluge Tierchen spürte immer, wenn irgendwo Magie in der Luft lag.

«Denkst du, dass wir damals schon einmal gelebt haben?», fragte Taler, während er mit einer Kelle die analphabetische Buchstabensuppe im großen Topf umrührte. «Ich meine, vielleicht waren wir einst ja auch irgendwelche gugelhupfigen, wilden Kerle?»

«Oh ja, davon bin ich überzeugt», entgegnete Neander, der auf dem breiten Rücken von Schnurrli gerade Gemüse rüstete.

«Gemäß der mündlichen Überlieferung unserer Vorfahren inkarniert sich die Seele nämlich unzählige Male auf der Erde. Und jedes Mal umhüllt sie sich mit einem neuen physischen Körper. Das Knifflige an der ganzen Sache ist nur, dass der Mensch bei jeder Geburt auf der Erde die Anbindung an die ursprüngliche Quelle erneut verliert. Doch irgendwann, nach vielen gelebten Leben, erlangt sein Bewusstsein schließlich kosmische Dimensionen.»

«Genau, darüber haben wir ja schon das letzte Mal ausführlich diskutiert», antwortete Taler nachdenklich, «und sobald wir frei sind von allen irdischen Begrenzungen, dann sind wir demzufolge auch keine kosmischen Analphabeten mehr, die nichts kapieren, oder?»

«Du bringst es wie immer auf den Punkt, mein lieber Freund», grinste Neander verschmitzt, «und wenn es eines Tages endlich so weit ist, dann müssen wir auch keine analphabetische Buchstabensuppe mehr essen, um klug zu werden. Die Wahrheit wird dann nämlich direkt aus dem höheren Bewusstsein in unsere Herzen fließen. Aber bis dahin ist es noch ein langer, steiniger Weg. Deshalb leben wir ja auch noch in der Steinzeit.»

«Was passiert denn eigentlich anschließend, wenn wir den irdischen Entwicklungszyklus dereinst abgeschlossen haben und das große Werk auf der Erde vollendet ist?»

«Zunächst einmal müssen wir die Geister der Finsternis besiegen, die ständig auf unser alltägliches Denken einwirken und uns immer zu neuen Rivalitäten untereinander anstiften wollen», beantwortete Neander die Frage, «aber vermutlich werden wir dank der harten Schule des Lebens bis dahin gelernt haben, verantwortungsbewusst zu handeln und die übergreifenden Zusammenhänge besser zu verstehen.

Das heißt, die Einkerkerung des Geistes in seinen verschiedenen Erscheinungsformen wird somit nicht mehr notwendig sein. Doch diese Zeit der allumfassenden Erkenntnis wird erst dann anbrechen, wenn die Menschen beginnen, ihre Gedanken nach Farben zu sortieren und die Kuchenrezepte für leckere Gugelhupfe im Internet untereinander auszutauschen, verstehst du?»

«Ähm ... ehrlich gesagt, nicht ganz», gab Taler offenherzig zu.

«Macht nichts», lächelte Neander amüsiert, «wir sind ja auch bloß zwei imaginäre Neandertaler. Bis die Leute das alles verstehen, werden noch viele Jahrtausende vergehen. Wie schmeckt dir übrigens die Suppe?»

«Ausgezeichnet», nickte Taler zufrieden, «schade nur, dass wir immer alles kalt essen müssen.»

Während die beiden schweigend ihre kalte Suppe aus den Tongefäßen schlürften, spielte Schnurrli nebenan gelangweilt mit zwei Steinen, die zufällig in der Höhle herumlagen. Wie es der Zufall wollte, handelte es sich dabei um einen Feuer- und einen Schwefelstein.

Plötzlich entstand durch die Reibung der Steine ein Funke, der das Moos auf dem Höhlenboden entzündete. Kurz darauf entbrannte völlig unerwartet das erste Feuer in der Geschichte der Menschheit. Vor lauter Schreck stellte Neander den Topf mit der Suppe auf die knisternden Flammen und Taler kippte aufgeregt die Kartoffelstreifen sowie den Kuchenteig darüber.

Ohne es zu beabsichtigen, gab es für die beiden steinzeitlichen Freigeister schlussendlich also doch noch ein köstliches Festessen. Und zwar heiße Suppe mit Pommes frites, pardon, ich meine natürlich mit frittierten Sonnenstrahlen.

Auch der erste über dem Feuer gebackene Gugelhupf schmeckte übrigens hervorragend. Tja, und somit wäre zugleich auch endlich geklärt, wer in Wirklichkeit das Feuer erfunden hat: nämlich Schnurrli, der verspielte Albino-Zottelfant.

Epilog

Nachdem der kleine Vinny diese eigenartige Geschichte zu Ende gelesen hatte, klappte er das Buch zu und blieb noch eine Weile lang nachdenklich im warmen Bett liegen. Auf eine geheimnisvolle Art und Weise hatten all diese verrückten Abenteuer von Neander und Taler seine kindliche Fantasie derart angeregt, dass er innerlich ganz aufgewühlt war. Und zwar so aufgewühlt, dass Vinny sogar ganz vergessen hatte, dass heute sein Geburtstag war.

Plötzlich klopfte es leise an der Tür, und kurz darauf betraten seine Eltern mit feierlichem Gesichtsausdruck das Kinderzimmer. Während sie gemeinsam ein fröhliches *Happy Birthday* anstimmten, präsentierte ihm die Mutter strahlend seinen Geburtstagskuchen.

«Lieber Vinny, zur Feier des Tages habe ich extra für dich einen hübschen Gugelhupf gebacken. Der wird dir bestimmt schmecken.»

Bei diesem Anblick wurde der Junge schlagartig hellwach.

«Gugelhupf?», entgegnete er mit einer Mischung aus Freude und Erstaunen. «Das ist aber ein lustiger Zufall. Wisst ihr, als die Welt noch ein Gugelhupf war, gab es nämlich nicht nur Neandertaler, sondern auch Zottelfanten. Einer davon hieß Schnurrli, der hat damals das Feuer erfunden.»

«Aha. Ich vermute, dass dir deine Mutter wieder einmal zu viele fantastische Gutenachtgeschichten am Stück vorgelesen hat», schmunzelte der Vater gutmütig, während er seine Frau neckisch in den Arm kniff.

«Und ich vermute, dass es selbst heutzutage noch vereinzelte Neandertaler und Zottelfanten gibt», konterte die Mutter gewitzt, «manchmal sogar beides vereint in einer einzigen Person. Nicht wahr, Schnurrli, mein vielfräßiger Zottelkater?»

Dabei sah sie ihren Ehemann mit einem vielsagenden Blick an.

«Na klar», lachte der Vater vergnügt, «schließlich

nennt man mich in Fachkreisen nicht umsonst *Kuchus-Mampfus*, der sauertöpfische Süßholzraspler.»

Die Familie blödelte noch eine Weile lang ausgelassen herum, während Vinny mit strahlenden Augen ein großes Stück Gugelhupf verschlang. An diesem unvergesslichen Morgen fühlte er sich nicht nur wie das glücklichste Kind auf Erden, sondern er war es auch.

Natürlich konnte niemand von ihnen ahnen, dass sie genau in diesem Moment von allerlei zauberhaften Wesenheiten aus anderen Welten beobachtet wurden. Und zwar aus der zeitlosen Ewigkeit, wo Vergangenheit, Gegenwart und Zukunft zu einer übergeordneten Einheit verschmelzen. Dort befanden sich nämlich sämtliche Freunde aus dieser Trilogie, die sich ebenfalls über das fröhliche Geburtstagsfest freuten.

«Freunde, wir haben unsere Aufgabe erfüllt», prostete Neander seinen Kameraden mit einem Becher Traubensaft in der Hand triumphierend zu. «Denn wieder einmal ist es uns durch eine simple Geschichte gelungen, die Vorstellungskraft eines Erdenmenschen zum Leben zu erwecken. Der kleine Vinny wird in Zukunft noch einiges erreichen mit seiner grenzenlosen Fantasie.»

«Hipp, hipp, hurra», riefen Marion, die Meerjungfrau, Sharky, Kiss Miggy und alle anderen Märchenfiguren im Chor.

... und dann wurde das große Buch in dieser magischen Zauberwelt für immer zugeklappt. Gleichzeitig jedoch öffnete jemand an einem weit entfernten Ort im Universum ein anderes, noch größeres Buch, um eine neue Geschichte zu erzählen ...

17

Reise um die Erde
in achtzig Stunden

In letzter Zeit wurde Mike öfters von schrecklichen Albträumen geplagt. In einer dieser Horrornächte träumte der arme Kerl, wie er gerade von einem Riesenrad fiel. Und zwar genau in dem Moment, als er am höchsten Punkt des gigantischen Rades angelangt war. Kurz vor dem Fall ins Leere hatte sich die junge, hübsche Frau, die mit ihm (im Traum) die kleine Kabine teilte, plötzlich in eine zahnlose, verwirrte, alte Hexe verwandelt.

«Na, was isst du denn da Leckeres, mein Junge?», fragte sie ihn mit zuckersüßer Stimme und hinterhältig funkelnden Augen. Doch bevor er überhaupt antworten konnte, öffnete die Hexe plötzlich die Sicherheitstür der Kabine, packte den völlig überrumpelten Mike buchstäblich am Kragen und schubste ihn mit einer blitzschnellen Handbewegung hinaus.

«Das ist eine ... *Pizzaaaaahhh*!», rief er verzweifelt, während er kopfüber in die Tiefe stürzte.

Genau im Augenblick des Aufpralls erwachte Mike schweißgebadet in seinem Bett. Wie im Delirium tastete er sich durch das dunkle Schlafzimmer, immer noch völlig gefangen in diesem schrecklichen Albtraum.

Verzweifelt suchte er im Halbschlaf den Lichtschalter, wobei er dummerweise über das Kabel seiner Nachttischlampe stolperte. Dieses brachte ihn mit einer solchen Wucht zu Fall, dass er quer durch das Zimmer segelte und völlig hilflos durch das offene Fenster geschleudert wurde.

Analog zu seinem Traum von vorhin stürzte Mike nun tatsächlich in die Tiefe, jedoch lediglich aus dem zweiten Stock. Er hatte aber Glück im Unglück, denn zufällig fuhr unten auf der Straße genau zu diesem Zeitpunkt ein Lastwagen vorbei, der auf dem Weg zum Flughafen war, um seine Fracht abzuliefern. Mike landete auf dem einigermaßen weichen Dach des Anhängers, wo er bewusstlos liegenblieb.

Während er friedlich vor sich hindöste, manövrierte der Chauffeur den Lastwagen in den Frachtraum eines riesigen Transportflugzeugs, in dem er den Anhänger ahnungslos abkoppelte.

So kam es, dass Mike einige Zeit später im ziemlich kühlen Laderaum dieses Frachtflugzeugs erwachte, welches sich bereits irgendwo über der Sahara befand.

Glücklicherweise entdeckte der völlig unterkühlte Mike sogleich einen schmalen Durchgang, der direkt in den hinteren Teil des Cockpits führte. Immer noch im Pyjama, kletterte er die eiserne Hängeleiter hinauf, bis er schließlich das Cockpit erreichte, wo er schlotternd vor Kälte den verdutzten Piloten gegenüberstand.

«Aha, wen haben wir denn da?», zischte der auf Terroristen fixierte Pilot misstrauisch. «Ein blinder Passagier? Oder etwa ein gemeingefährlicher Bombenleger?»

«Nein, ich bin doch bloß ...»

«Halt's Maul!», unterbrach ihn ein muskelbepackter Sicherheitsmann harsch. «Mit Gesindel wie dir machen wir kurzen Prozess.»

Bevor sich Mike versah, hatten ihn zwei bullige Männer bereits in einen hübschen Anzug gesteckt, an dem ein Fallschirm befestigt war.

«Zieh Leine!», brüllte einer der beiden Gorillas. «Am besten die Reißleine, damit sich der Fallschirm öffnet!»

Der andere ergänzte höhnisch: «Gratuliere, Sie haben soeben einen Freiflug in die Wüste gewonnen. Gute Reise.»

Daraufhin schubsten sie Mike dreckig lachend aus dem Flugzeug. Erneut sauste er in die Tiefe, diesmal jedoch irgendwo über einer unendlich riesigen Wüste. Wie in Trance zog er an der Reißleine, worauf sich der Fallschirm mit einem knisternden Geräusch öffnete.

Sahara

Völlig perplex schwebte Mike durch eine dunkle Regenwolke, und einige Minuten später landete er mitten in einer Oase. Gleichzeitig mit seiner Landung im Garten des dortigen Palastes, wo gerade eine Versammlung abgehalten wurde, fielen die ersten Regentropfen nach einer endlos langen Dürreperiode, dicht gefolgt von einem krachenden Donnergrollen.

«Hurra, der Fluch ist gebrochen!», rief der König freudestrahlend. «Das muss der Gott des Donners höchstpersönlich sein!»

Mike kapierte natürlich gar nichts mehr, als ihn Dutzende von ausgelassenen Menschen auf Händen in den Palast trugen.

«Du musst meine Tochter, die hübsche Prinzessin Kitty, heiraten», sprach der König zu Mike. Der betrachtete mit offenem Mund und großen Augen das wunderschönste, bezauberndste Geschöpf, das er jemals gesehen hatte.

«Hello Kitty», stotterte er fassungslos.

Während sich die Leute sofort daranmachten, die Hochzeitsfeier vorzubereiten, braute sich jedoch in den Sanddünen, nicht weit vom Palast entfernt, bereits Unheil zusammen. Die Typen von der hundert Kilometer entfernten Nachbaroase führten nämlich im Schilde, die hinreißende Prinzessin zu entführen, um sie mit ihrem eigenen, niederträchtigen Prinzen zu vermählen.

Während sich Mike und Kitty Hand in Hand auf dem Balkon stehend selig anlächelten, blies die barbarische Horde zum Angriff.

Genau in dem Moment, als sie den Palast stürmen wollten, wurde die gesamte Oase von einem plötzlichen Wirbelwind heimgesucht. Mit einem gewaltigen Ruck wurde Mikes Fallschirm, den er immer noch im Schlepptau hinter sich herzog, von der Windböe aufgeblasen, worauf ihn die Kräfte der Natur wie eine Marionette hoch in die Lüfte hinausschleuderten. In letzter Sekunde hatte er versucht, Prinzessin Kitty zu packen, doch sie war ihm um Haaresbreite aus den Händen entglitten.

Wie ein Sandkorn wurde Mike von der ominösen Windhose hin und her gewirbelt, bis sie ihn schließlich wieder ausspuckte und er genau auf der Spitze einer Pyramide landete, wo sich sein Fallschirm verhedderte. Dort baumelte er hilflos an der glatten Außenseite, während er sich, verzweifelt nach Halt suchend, in den Ritzen der massiven Steinklötze festklammerte.

Schon nach kurzer Zeit hatten die scharfen Kanten der Ecksteine die Schnüre seines Fallschirmes durchtrennt, sodass Mike ohne jegliche Sicherung an der Mauer hing. Gerade als er keine Kraft mehr in den Händen hatte, um sich noch länger festzukrallen, bemerkte er, dass sich einer der Steinklötze bewegen ließ.

Zentimeter für Zentimeter schob Mike den Steinblock nach innen, bis das schwere Teil schließlich mit einem dumpfen Geräusch in die Dunkelheit der Pyramide fiel. Mit letzter Kraft quetschte er sich durch die schmale Öffnung und ruhte sich einen Moment lang aus, bis sich seine Augen an die düsteren Lichtverhältnisse gewöhnt hatten. Weil es im Inneren dieses seltsamen Bauwerks unerträglich heiß war, beschloss Mike kurzerhand, die lästige Fallschirmmontur auszuziehen und sich in seinem Pyjama, den er immer noch anhatte, auf Erkundungstour zu begeben.

Las Vegas

Von irgendwoher vernahm er gedämpfte Musik sowie fröhliches Gelächter, also tastete er sich vorsichtig durch das halbdunkle Labyrinth aus unzähligen Räumen, um die Quelle dieses Lärms ausfindig zu machen.

Nach einer Weile gelangte Mike zu einer Tür, die er ahnungslos öffnete. Er verstand die Welt nicht mehr, als er das bunte Szenario in diesem Saal betrachtete.

Offenbar war er zufällig gerade durch die Hintertür mitten in eine wilde Pyjamaparty hineingetrampelt, und zwar genau auf die Bühne. Dort stand ein ulkig verkleideter Mann mit einem Mikrofon, der sich sogleich grinsend zu Mike umdrehte.

«Das muss der Gewinner des heutigen Wettbewerbs sein», heizte er das Publikum an. «Ladies und Gentlemen: Applaus für den Mann mit dem hässlichsten, beknacktesten und vor allem uncoolsten Pyjama.»

Die Menge johlte begeistert, während der verkleidete Alleinunterhalter den völlig verwirrten Mike ins Rampenlicht zerrte und ihm das Mikrofon unter die Nase hielt.

«Herzliche Gratulation zum ersten Preis, mein Freund. Na, was sagst du dazu?»

Mike kratzte sich verlegen am Kopf, dann nuschelte er beinahe unverständlich ins Mikrofon: «Wo bin ich überhaupt? In Ägypten? Und wo ist Prinzessin Kitty?»

Darauf brüllten die Leute im Saal vor Lachen, denn diese Antwort war einfach *zu* komisch. Erst jetzt realisierte Mike, dass er soeben auf einer Bühne vor mehreren Dutzend Menschen stand und sich mit seinem rosafarbenen *Hello-Kitty*-Pyjama wohl gerade mächtig zum Affen machte. In Wahrheit hatte er sich diesen Schlafanzug für Mädchen einst tatsächlich für einen Maskenball gekauft.

«Ägypten», wiederholte der Showmaster prustend und hielt sich vor Lachen den Bauch. «Das ist ja mal eine originelle Antwort. Willkommen in Las Vegas, Mann. Da, wo die verrücktesten Freaks abhängen.»

«Wie bitte? Hast du soeben Las Vegas gesagt? Das

kann doch gar nicht sein», stotterte Mike verdattert ins Mikrofon.

Nun wurde selbst der ausgeflippte Moderator langsam stutzig, doch das Publikum tobte vor Begeisterung.

«So einen umwerfend komischen Schauspieler habe ich ja noch nie gesehen!», rief eine Frau aus der ersten Reihe. «Bitte mehr davon!»

Der Showmaster bat um etwas Ruhe im Saal, bevor er fortfuhr. «Na schön, du Scherzkeks. Du weißt ja vermutlich, dass diese Show hier live gefilmt und vor einem Millionenpublikum in ganz Amerika ausgestrahlt wird.

Und weil hier nur exklusive Gäste anwesend sind, möchte ich dir abschließend noch folgende Frage stellen: Wie hast du es eigentlich geschafft, ein heiß begehrtes Ticket für diese Party zu ergattern?»

«Ticket?», murmelte Mike mit todernster Miene. «Ich bin bloß hier, weil ich zu Hause über ein Kabel gestolpert und anschließend in einem Flugzeug aufgewacht bin. Dann wollte ich in der Oase Kitty heiraten, doch eine Windhose hat mich zufällig hierher verfrachtet, wo ich mit dem Fallschirm gelandet bin. Na ja, und jetzt bin ich eben hier. Aber eigentlich möchte ich viel lieber wieder nach Hause in mein warmes Bett.»

Obwohl die Leute wiederum tosend applaudierten ob dieser vermeintlichen Komikeinlage, war sich der abgebrühte Moderator allmählich nicht mehr so sicher, ob er es hier mit einem begnadeten Schauspieler oder mit einem geistig verwirrten Spinner zu tun hatte.

Im selben Moment, als ein wutentbrannter Mann auf die Bühne stapfte und behauptete, der rechtmäßige Gewinner des Wettbewerbs zu sein, erhielt der Moderator eine Mitteilung von der Regie des Fernsehteams.

Kurz darauf enterten zwei Männer vom Sicherheitsdienst den Ort des Geschehens, um Mike festzunehmen.

«Das ist ein Betrüger», erklärte der eine, «er hat sich hier auf eine ziemlich spektakuläre Art und Weise eingeschlichen und gibt sich nun als Gewinner aus, um das Preisgeld abzukassieren.»

«Lass mich los, du Idiot, ich bin kein Betrüger!», schrie Mike genervt und verpasste dem Sicherheitsmann einen saftigen Tritt in den Hintern.

Diese Aktion führte zu einem wilden Handgemenge, worauf im Saal die Hölle losbrach. Zugleich amüsierten sich zu Hause vor ihren Fernsehgeräten Millionen von Zuschauern königlich, weil sie das ganze chaotische Szenario für einen inszenierten Sketch hielten.

Mike fand das alles jedoch eher weniger lustig, deshalb nutzte er das allgemeine Durcheinander, um heimlich von dieser seltsamen Pyjamaparty zu verduften.

Mit dem Fahrstuhl fuhr er nach unten in die Eingangshalle, denn diese Pyramide war in Wirklichkeit nichts anderes als ein ganz normales Hotel. Weil Mike in seinem rosaroten *Hello-Kitty*-Pyjama auf der Straße vermutlich doch ein bisschen zu sehr aufgefallen wäre, schlich er sich unauffällig in den Personalraum neben der Rezeption in der Hoffnung, dort anständige

Klamotten zu finden.

Tatsächlich hing an einem der Kleiderständer eine piekfeine Uniform, die dem Fahrer des hoteleigenen Shuttle-Busses gehören musste. Ohne zu zögern zwängte sich Mike in die wie angegossen passende Kleidung, und gerade als er dabei war, sich die Krawatte umzubinden, stürmte die Dame vom Empfang in den Raum.

«Du musst sofort zum Flughafen fahren, die neuen Gäste sind schon früher als erwartet angekommen», gackerte sie gestresst und knallte den Autoschlüssel auf den Tisch. «Der Minibus steht wie immer beim Hintereingang.»

«Wird gemacht», antwortete Mike, ohne sie anzublicken, dann schnappte er sich eilig den Schlüssel.

Eine halbe Stunde später befand sich der frischgebackene Chauffeur bereits am Flughafen von Las Vegas, wo er beim Einparken dummerweise einen leerstehenden Polizeiwagen übersah und ihn mal eben kurz plattwalzte. Dank dem schrill aufheulenden Alarm dauerte es natürlich nicht lange, bis es auf dem Parkplatz von uniformierten Gestalten sowie sonstigen dumm glotzenden Gaffern nur so wimmelte. Deshalb entschied sich Mike für einen taktischen Rückzug und tauchte diskret in der anonymen Menschenmenge unter. Ein Augenzeuge erkannte ihn jedoch und verpetzte ihn bei den Bullen, sodass im Nu eine wilde Verfolgungsjagd im Gange war.

Im Weltall

Weil Mike auf keinen Fall geschnappt werden wollte, hechtete er geistesgegenwärtig in den Laderaum eines zufällig herumstehenden Reisebusses, auf dem in großen Lettern das Wort *NASA* prangte. Während sich Mike zwischen diversen Gepäckstücken so gut wie möglich zu verstecken versuchte, kippte er aus Versehen eine nicht verschlossene Kiste um, aus der einige seltsame Dinge herauspurzelten.

Na, so was, wunderte er sich, *das sieht ja aus wie ein Astronautenanzug, und sogar mit Helm.* Aus purer Neugier probierte Mike den Anzug mitsamt dem merkwürdigen Astronautenhelm an, während er vergnügt vor sich hin kicherte. Weil die Luft im Laderaum des Busses jedoch ziemlich stickig war, nickte er bald darauf ein und erwachte erst wieder, als jemand die Tür öffnete.

«Ich gehe noch kurz auf die Toilette, bevor ich in meinen Anzug schlüpfe», hörte er eine Stimme sagen.

«Ist gut, aber beeile dich. In fünfzehn Minuten startet das Space Shuttle», antwortete jemand anders.

Schlaftrunken kletterte Mike aus seinem Versteck, immer noch in voller Astronautenmontur. Es dauerte einen Augenblick, bis er realisierte, dass er offensichtlich in einer Raumstation der *NASA*, irgendwo mitten in der Pampa, gelandet war. Wie es das Schicksal so wollte, befand sich Mike kurz darauf in der startbereiten Raumfähre, wobei der echte Astronaut immer noch in der Toilette festsaß, weil die verflixte Tür klemmte. Durch das winzige Fenster beobachtete er ungläubig, wie die Rakete ohne ihn zum routinemäßigen Erkundungsflug rund um die Erde abhob.

Mike hingegen genoss seine Rolle als Astronaut sichtlich, obwohl er natürlich keinen blassen Schimmer hatte, um was es da eigentlich genau ging. Jedenfalls war er der erste Mensch, der in einem *Hello-Kitty*-Pyjama ins Weltall reiste. Wegen dem tarnenden Raumanzug hatte bisher noch gar niemand bemerkt, dass sich sozusagen ein blinder Passagier an Bord befand.

Doch das änderte sich relativ schnell, da sich Mike auffällig ungeschickt anstellte. Kaum hatte die Rakete die Erdatmosphäre verlassen, drückte er aus Versehen einen falschen Knopf und trennte damit eine kleine Raumkapsel vom Rest der Rakete ab. Zufälligerweise saß Mike genau im Cockpit ebendieser Kapsel, mit welcher er mutterseelenallein zurück zur Erde sauste. Irgendwann, eine gefühlte Ewigkeit später, öffnete sich automatisch ein riesiger Fallschirm, worauf die Raumfähre sanft über dem Ozean dahinglitt.

Im Dschungel

Etwas später landete er mitten in einem abgelegenen Dschungeldorf, irgendwo im Regenwald. Als Mike im futuristisch aussehenden Raumanzug aus seinem seltsamen Gefährt kletterte, blickte er direkt in die verstörten Gesichter der Dorfbewohner, die mit einer Mischung aus Angst und Ehrfurcht vor ihm niederknieten.

Die einen hielten ihn offenbar für einen Gott, der

aus irgendwelchen Gründen vom Himmel fiel, andere jedoch waren überzeugt davon, dass es sich hierbei um einen bösartigen Eindringling aus der Unterwelt handeln musste. Es dauerte nicht lange, da lagen sich die abergläubischen Einwohner gegenseitig in den Haaren. Doch die Rauferei wurde jäh unterbrochen, als im Hintergrund der ohrenbetäubende Lärm unzähliger Motorsägen aufheulte.

Da erinnerten sich die Eingeborenen wieder daran, dass sie eigentlich gerade andere Probleme hatten, als sich über seltsame Besucher in noch viel seltsameren Anzügen aufzuregen. Sie mussten sich nämlich mit Händen und Füßen gegen die korrupte Holzmafia wehren, die den Regenwald Stück für Stück abholzte und den Auftrag hatte, die Menschen aus dem Dorf zu vertreiben.

Schließlich fasste sich der Dorfhäuptling ein Herz und sprach zu Mike: «Wer auch immer du bist, bitte hilf uns, die geldgierigen Holzfäller von hier zu verjagen.»

«Na schön, ich werde es versuchen», entgegnete Mike und marschierte schnurstracks in den Wald. Ein paar Minuten später kehrte er freudestrahlend in das Dorf zurück.

«Alles paletti, Leute, die Waldschänder lassen euch von nun an in Ruhe.»

«Wie hast du denn das so schnell geschafft?», fragte der Häuptling verwundert.

«Ach, das war das reinste Kinderspiel», erwiderte Mike achselzuckend.

«Als sie mich mit meinem Astronautenanzug zwischen den Bäumen erblickten, haben sie vor Schreck alles stehen und liegen gelassen und sind fluchtartig davongerannt.»

«Dafür werden wir dir ewig dankbar sein. Gibt es etwas, das wir für dich tun können?»

«Ja, zeigt mir bitte den Weg zum nächsten Flughafen. Ich möchte nämlich einfach nur nach Hause.»

Daraufhin stellten die Dorfbewohner Mike ein Kanu zur Verfügung, mit dem er flussabwärts bis zur nächsten Stadt fahren konnte. Voller Vorfreude auf sein warmes Bett zu Hause paddelte er zurück in die Zivilisation, als ihm unterwegs plötzlich ein alter Kahn den Weg abschnitt. Es waren die berüchtigten Flusspiraten, die gerade dabei waren, ihre Beute in die Stadt zu bringen.

Ohne mit der Wimper zu zucken, knöpften sie Mike den Astronautenanzug sowie das Kanu ab und sperrten ihn in einen ungemütlichen Holzkäfig. Nachdem sich alle Piraten ausgiebig über sein kindisches *Hello-Kitty*-Pyjama kaputtgelacht hatten, das er immer noch als Unterwäsche trug, ließen sie ihn jedoch in Ruhe.

Einige Zeit später, bei Einbruch der Dunkelheit, erreichte das baufällige Schiff den Hafen am Stadtrand. Da die Piraten nicht wussten, was sie mit ihrem nutzlosen Gefangenen anstellen sollten, verabreichten sie ihm ein Getränk mit starken Schlafmitteln. Danach verfrachteten sie den schlafenden Mike in einen riesigen Container, zusammen mit dem Rest der Schmuggelware, die für Europa bestimmt war.

Über den Wolken

Viele Stunden später erwachte Mike schlotternd vor Kälte, eingesperrt in dem dunklen Blechcontainer. Glücklicherweise konnte er sich jedoch selber befreien, bevor er auf jämmerliche Weise erfroren wäre. Offenbar befand er sich wieder einmal im Frachtraum eines Flugzeuges.

Mit einem mulmigen Gefühl kletterte Mike eine eiserne Hängeleiter hinauf, die ihm irgendwie bekannt vorkam. Wie vermutet führte diese Leiter zu einem schmalen Durchgang, durch den man direkt in den hinteren Teil des Cockpits gelangte.

«Na, sieh mal einer an!», rief der Pilot erstaunt.

«Wenn das nicht derselbe Spinner im selben lächerlichen Schlafanzug ist, der schon auf dem Hinflug unser Gast war? Das ist ja unglaublich.»

«Ja, aber ... aber ich kann alles erklären», stotterte Mike verlegen, doch man ließ ihn nicht ausreden. Wiederum packten ihn die zwei bulligen Männer am Kragen und steckten den armen Mike zum zweiten Mal in einen Fallschirmanzug.

«Lass dich hier nie wieder blicken, verstanden? Das nächste Mal schmeißen wir dich ohne Fallschirm raus.»

Ziemlich unhöflich schubsten sie Mike aus dem Flugzeug, und kurz darauf landete er genau auf dem Dach eines fahrenden Lastwagens. Völlig benebelt versuchte er, sich einigermaßen zu orientieren. Doch im selben Augenblick bremste der Fahrer so brüsk, dass Mike mitsamt dem Fallschirm über das Dach des

Anhängers rollte und unsanft auf eine Wiese geschleudert wurde. Eingewickelt wie eine Mumie in seinen Fallschirm, rappelte er sich nach einer Weile auf, doch dann traf ihn fast der Schlag.

«Aber ... ist denn das die Möglichkeit?», sagte er ungläubig zu sich selbst. Er war nämlich genau auf derselben Wiese vor seinem Wohnblock gelandet, auf der seine unglaubliche Odyssee rund um den Globus vor ziemlich genau achtzig Stunden begonnen hatte.

Erschöpft und zugleich erleichtert humpelte er in seine Wohnung, denn er wollte einfach nur noch schlafen. Als sich Mike im halbdunklen Zimmer vorsichtig vorantastete, stolperte er erneut über das verflixte Kabel seiner Nachttischlampe. Doch diesmal plumpste er glücklicherweise in sein weiches Bett.

«Was für ein aberwitziges Abenteuer», gähnte Mike todmüde, «das wird mir sowieso niemand glauben.»

Dann kuschelte er sich mit einem sanften Lächeln auf den Lippen in die warme Bettdecke.

18

Wo Wunder geschehen

Am Rande eines ehemaligen Waldes lebte einsam und allein eine knorrige, alte Eiche. Dieser uralte Baum war einerseits sehr weise, andererseits aber auch müde vom ewigen Lärm der Welt. Denn im Laufe seines Lebens musste er miterleben, wie alle seine Artgenossen, einer nach dem anderen, von raffgieriger Menschenhand gefällt wurden.

Traurig wartete die einst prächtige, jedoch immer noch majestätisch anmutende Eiche auf ihr unausweichliches Schicksal. Denn sie wusste nur zu gut, dass auch sie bald von laut aufheulenden, messerscharfen Motorsägen zu Kleinholz verarbeitet werden würde. In dieser kalten, mechanischen Welt gab es keinen Platz mehr für gute alte Werte wie Ruhe, Frieden und Harmonie, für welche sie symbolisch stand.

«Meine Tage sind gezählt», dachte sie melancholisch, «aber was soll's. Immerhin hatte ich ein langes, erfülltes Leben.»

In diesem Moment schob sich die Sonne hinter einer dunklen Regenwolke hervor und am Himmel erschien ein überirdisch hell leuchtender Regenbogen.

«Sei nicht traurig, erhabene Eiche», sprach er zu ihr, «es gibt immer Hoffnung. Wunder können überall geschehen.»

«Das mag wohl sein, mein lieber Regenbogen»,

seufzte die Eiche betrübt, «und ich würde ja auch ganz gerne an Wunder glauben. Aber die bittere Realität hat mich leider eines Besseren belehrt. Schau dich nur um. Wo sind alle meine Freunde, all die anderen Bäume geblieben?»

«Ich weiß», erwiderte der Regenbogen sanftmütig, «du bist der letzte verbliebene Baum in diesem Gebiet, wo einst ein prächtiger Wald erblühte. Trotzdem bist du nicht ganz so allein, wie du denkst.

Oder was ist mit all den vielen Tieren und Insekten, die in deinem wunderbaren Blätterwerk Zuflucht gefunden haben? Und all die vielfältigen Naturgeister rundherum? Vergiss niemals, dass du für sie der letzte Rettungsanker in ihrem Leben darstellst.»

Darauf verblasste der mystische Regenbogen langsam, bis er sich schließlich endgültig in Luft auflöste. Die Eiche dachte lange über diese tiefgründigen Worte nach.

«Wer weiß?», dachte sie mit einem plötzlich aufkeimenden Gefühl von Hoffnung. «Vielleicht hat der gute Regenbogen ja recht und ich sollte endlich damit aufhören, meine kostbare Zeit auf Erden mit sinnlosem Klagen und Jammern zu verschwenden? Denn dadurch ändert sich schlussendlich ja doch nichts.»

Kaum wurde sich der Baum der Tatsache bewusst, dass er als letzter Vertreter seiner Spezies noch am Leben war, durchflutete ihn ein bisher völlig unbekanntes Gefühl von Demut und Dankbarkeit. Erst jetzt realisierte die Eiche zum ersten Mal in ihrem langen Leben, dass unzählige Waldtiere wie Eichhörnchen, Vögel und viele andere Zuflucht und Geborgenheit in ihren starken Ästen gefunden hatten. Selbst auf ihrem kräftigen Stamm krabbelten Tausende von Insekten umher, die sie in ihrem stummen Leiden bisher noch gar nie bemerkt hatte.

«Du bist nicht allein, mein Freund», hörte die Eiche plötzlich eine leise Stimme sagen, «wir waren schon immer da, selbst wenn du uns in deinem Selbstmitleid nicht wahrgenommen hast.»

Lächelnd krabbelte die fröhliche Waldameise den Baumstamm hinauf, während sie dem einsamen Riesen weiterhin Mut zusprach.

Da liefen der knorrigen Eiche vor lauter Rührung die Tränen hinunter, in Form von klebrigem Harz. Trotz der scheinbar widrigen Umstände hatte sie sich noch nie zuvor so glücklich und erleichtert gefühlt.

«Danke, kleine Ameise», wisperte sie gerührt, «euch allen, liebe Waldtiere, möchte ich von Herzen danken. So war mein Leben doch nicht ganz umsonst, auch wenn ich einen großen Teil davon mit irgendwelchen Befürchtungen verschwendet habe, die gar nie eingetroffen sind. Doch nun habe ich meine Lektion wohl doch noch gelernt. Genießen wir also die gemeinsame Zeit, die uns noch verbleibt.»

*

Am nächsten Tag marschierte ein Trupp Holzfäller ein mit dem Auftrag, diesen letzten Baum weit und breit zu fällen. Denn auf diesem Platz sollte eine seit Langem geplante Wohnsiedlung, bestehend aus hässlichen, grauen Betonbauten, errichtet werden. Jack, der Vorarbeiter der abgebrühten Truppe, versammelte seine Mannschaft direkt vor dem für sie unbedeutenden, leblosen Stück Natur in Form einer Eiche.

«Okay, Männer», verkündete er mit lauter Stimme, «wie ihr alle wisst, muss auch dieser letzte Baum hier gemäß Anweisung der Baufirma beseitigt werden. Ihr habt genau eine Stunde Zeit, um alles wegzuräumen, denn anschließend werden hier bereits die ersten Bagger einfahren. Alles klar?»

Voller Tatendrang nickten die Arbeiter und machten sich sogleich daran, ihre Werkzeuge auszupacken. Die gute alte Eiche sowie sämtliche auf ihr lebenden Waldtiere hatten diese verhängnisvolle Ansprache ebenfalls stumm mitangehört, aber was konnten sie schon dagegen unternehmen?

«Ihr habt mein Todesurteil vernommen», sprach die Eiche ruhig, «lebt wohl, meine Freunde. Ihr werdet bestimmt an einem anderen Ort eine neue, vielleicht sogar bessere Wohnstätte finden.»

«Es gibt keine bessere Wohnstätte für uns», seufzte die kleine Waldameise traurig, «darum werden wir zusammen mit dir untergehen. Denn sobald all die Baumaschinen eintreffen, wird hier sowieso die Hölle losbrechen. Es gibt keinen Ausweg mehr, außer für die Vögel.»

Also versammelten sich alle Bewohner des riesigen Baumes auf den untersten Ästen, von wo aus sie ihrem unausweichlichen Schicksal tapfer entgegenblickten. Mittlerweile waren die Männer bereit, um mit ihrem ganz normalen Tagewerk zu beginnen.

Kurz darauf gab Jack – ohne irgendwelche bösen Absichten – den Befehl zum Start. Laut heulten die Motorsägen auf. Bereit, die mächtige, erhabene Eiche zu fällen. Doch in diesem Moment geschah etwas

Wundersames.

Gerade als einer der Arbeiter die Säge an einem der untersten Äste ansetzen wollte, erschien am Himmel wie aus dem Nichts derselbe magisch strahlende Regenbogen wie am Vortag. Die Holzfäller waren dermaßen geblendet und fasziniert zugleich von diesem farbenfrohen Spektakel, dass sie ihre Werkzeuge augenblicklich fallen ließen. Auch Jack, der Boss, beobachtete das eigenartige Naturschauspiel fassungslos.

Obwohl er sich innerlich heftig dagegen wehrte, löste dieser scheinbar simple Regenbogen eine ungeheure Flut von Emotionen in ihm aus. Einen Moment lang glaubte er sogar, den Boden unter den Füßen zu verlieren.

«Verdammt, reiß dich gefälligst zusammen», befahl er sich selbst. Dann schnappte er sich eine herumliegende Kettensäge, um diesem verflixten Baum eigenhändig den Garaus zu machen. Doch kaum befand sich Jack in der Nähe der Eiche, wurde er erneut von diesem sonderbaren Gefühl überwältigt. Irgendeine geheimnisvolle Macht schien ihn davon abzuhalten, diese letzte Eiche zu fällen. Während er irritiert in die grellen Strahlen des Regenbogens blinzelte, vernahm er eine klare Stimme in seinem Inneren.

Auch wenn du nicht an Wunder glaubst und stets der Erste bist, der sich darüber lustig macht, gibt es sie doch. Oder was meinst du, mein lieber Jack, was jetzt gerade geschieht? Hast du etwa eine logische Erklärung dafür?

Jack zuckte erschrocken zusammen. «He, wer spricht denn da mit mir?», schossen ihm die Gedanken wild durch den Kopf. «Etwa der komische Regenbogen da drüben? Ach was, das ist doch gar nicht möglich ... oder etwa doch?»

Alles ist möglich, ertönte die innere Stimme noch einmal, *nun ist die Zeit gekommen, dass auch du diese Lektion lernst.*

Jack liefen die Schweißperlen in Strömen das Gesicht hinunter, denn wie es aussah, steckte er ganz schön in der Klemme.

*

Hinter ihm standen noch immer wie betäubt die Arbeiter und warteten auf seinen Befehl. Und vor ihm erstrahlte nach wie vor dieser knallbunte, beinahe schon kitschige Regenbogen, der mit ihm auf irgendeine unerklärliche Art und Weise zu kommunizieren schien. Jack kämpfte innerlich heftig mit sich selbst, doch schließlich gab er seinem Bauchgefühl zum ersten Mal in seinem Leben nach und legte die Motorsäge beiseite.

«Dieser Baum wird nicht gefällt», rief er den Männern kurz und bündig zu, «lasst uns von hier verschwinden.»

In diesem Augenblick eilte der Inhaber der Baufirma auf die etwas ratlos herumstehende Gruppe zu.

«Gut, dass ich euch noch rechtzeitig erreicht habe», keuchte er völlig außer Atem, «wir haben nämlich erst heute Morgen entdeckt, dass ein Fehler im Bauplan vorlag. Genau an dieser Stelle hier soll ein Kinderspielplatz entstehen. Deshalb wurde kurzfristig beschlossen, diesen prächtigen Baum stehen zu lassen, sozusagen als grüne Lunge sowie Treffpunkt der künftigen Wohnsiedlung.»

Jack starrte den Mann verdutzt an, dann blickte er unauffällig in den Himmel. Doch der Regenbogen war ebenso schnell verschwunden, wie er kurz zuvor aufgetaucht war. Aber Jack war ganz sicher, dass er sich das alles nicht bloß eingebildet hatte.

«Das ist ja wirklich ein glücklicher Zufall, dass Sie mit Ihrer Arbeit noch nicht begonnen haben», riss ihn der Bauherr aus seinen Gedanken, «wo Sie sonst doch immer so pünktlich sind. Es wäre allerdings wirklich jammerschade gewesen um diese wunderschöne Eiche.»

«Ja, Wunder sind tatsächlich schön», erwiderte Jack mit einem seligen Lächeln auf den Lippen, «vor allem wenn man weiß, dass es sie wirklich gibt.»

Von diesem Tag an sah Jack die Welt mit anderen Augen. Denn durch dieses außergewöhnliche Erlebnis war ihm bewusst geworden, dass alle Dinge im Universum miteinander verbunden sind.

Die gute alte Eiche lebte noch viele Jahre lang und diente den Bewohnern der Siedlung als besinnliche Oase der Ruhe. Ab und zu tauchte am Himmel still und heimlich der magische Regenbogen auf, um die Menschen, die offen für Wunder waren, zu verzaubern.

19

Krieg am Salatbuffet

Anmerkung des Autors: *Als Inspiration für die folgende Abhandlung über ein Salatbuffet dienten sämtliche Selbstbedienungstheken dieser Welt, die ich schon gesehen habe. Was haben alle diese Essenstheken miteinander gemeinsam? Nachdem der meistens ziemlich große Ansturm der hungrigen Gäste zu Spitzenzeiten jeweils vorbei ist, erinnern solche öffentlichen Futterplätze anschließend eher an kulinarische Orte des Grauens als an friedliche Oasen der Besinnung. Aber lest selbst, wie sich das aus der Sicht einer hilflosen kleinen Gurke anfühlt ...*

Mittagszeit im Restaurant X. Uns Salate gurkt es jetzt schon an, dass die Gäste gleich wieder wie ausgehungerte Aasgeier über uns herfallen und das Buffet schamlos plündern werden. Noch sieht es ordentlich aus und jede Salatsorte befindet sich – wie es sich gehört – in ihrer eigens dafür vorgesehenen Schüssel.

Aber gleich werden diese sogenannt zivilisierten Menschen unser liebevoll angerichtetes Salatbuffet in ein unappetitliches Schlachtfeld verwandeln. Nicht nur unbeteiligte Beobachter fragen sich verwundert, wie so etwas möglich ist, sondern auch unsere tapfere Gurkentruppe.

«Alle Gurken in Position», brülle ich nervös, «der

Feind greift an.»

Aber was habe ich schon zu sagen, schließlich bin ich ja nur eine unscheinbare, namenlose Gurkenscheibe, die bald zwischen den Zähnen irgendeines Menschen zermalmt wird. Die Schlacht am Salatbuffet tobt bereits, mein letztes Stündchen hat vermutlich geschlagen. Im selben Augenblick greift der erste Gast mit dem Schöpflöffel in unser trautes Heim und befördert mit gierigem Blick eine Handvoll von uns wehrlosen Gurken in seinen Teller. Während er unsere Einheit brutal auseinanderreißt, fallen aus Versehen zwei Stück von uns in den Topf von unserem Erzfeind, dem arroganten Karottensalat.

«Raus hier», zischen die Karotten genervt, «das ist unser Revier. Sucht euch gefälligst anderswo Asyl.»

Kurz darauf bedient sich ein anderer Gast großzügig beim Karottensalat, wobei er etwa die Hälfte davon tollpatschig in den benachbarten drei Salatbehältern verstreut. Doch auch die genmanipulierten Tomaten sind nicht gut auf die frechen Karotten zu sprechen und reagieren äußerst gereizt auf die unfreiwillige Vermischung.

Nun ist die dramatische Salatschlacht erst so richtig im Gang. Einzelne Kartoffelstücke landen im knackig grünen Feldsalat, Selleriestreifen flattern wild durch die Gegend, Rote-Bete-Würfel plumpsen in den Blumenkohltopf. Selbst die zarten Maiskörner werden rücksichtslos von ihrer heimatlichen Schüssel entwurzelt und prasseln wie ein Bombenhagel über den völlig überrumpelten Kichererbsen hernieder. Diese finden das allerdings alles andere als zum Kichern.

Kurz gesagt: *Am Salatbuffet herrscht Krieg!*

Nach diesem gnadenlosen Massaker raufen wir übriggebliebenen Gurken uns schließlich wieder zusammen und betrachten schockiert das angerichtete Chaos. Ich hatte Glück im Unglück, denn wie durch ein Wunder habe ich die heutige Schlacht überlebt. Doch etliche meiner Gurkentruppen-Kameraden sind gefallen. Oder noch schlimmer; sie wurden in fremde Salatbehälter verschleppt, wo sie nun sozusagen als Kriegsgefangene vor sich hinvegetieren – bis sie schlussendlich gedemütigt und würdelos im Abfall landen.

«Es betrübt mich jedes Mal von Neuem, dass die Menschen einfach keine Tischmanieren haben und so schlechte Schöpfer sind», seufze ich niedergeschlagen, «kein Wunder, dass die meisten von ihnen auch im richtigen Leben nichts Gescheites auf die Reihe kriegen.»

«Ach, nimm's nicht so tragisch», ruft mir die französische Salatsauce vom Tisch nebenan tröstend zu, «c'est la vie, mon chéri.»

Und der englische Hartkäse doppelt mit seinem typisch britischen Humor nach: «Die charmante Französin hat recht ... always look on the bright side of life.»

Darauf schmunzeln alle Salate versöhnlich und stimmen gemeinsam in die fröhliche Melodie ein.

In diesem Sinne: Guten Appetit weiterhin! Hoffen wir, dass die Sache mit dem anständigen Salatschöpfen eines Tages besser klappen wird.

20

Knäckeback,
das beknackte Zwiebrot

Anmerkung des Autors: *Die folgende Geschichte ist zu hundert Prozent erfunden, äh, ... ich meine natürlich, wahr. Und zwar geht es um einen möchtegern-fiesen Pustekuchen, das ist eine bizarre Mischung aus Knäckebrot und Zwieback. Dieser denkwürdige Vorfall ereignete sich, als sich Starchild Terry (yep, der Kerl aus dem gleichnamigen Buch) und seine Gefährtin Melinda gerade auf dem Heimweg von irgendeiner dubiosen Weltraum-Party befanden. Aber am besten lest ihr selbst, wie sich das alles abgespielt hat ...*

Als Melinda und Terry nach der fidelen Weltraum-Party vergnügt zurück zur Erde düsten, ereignete sich unterwegs noch ein kleiner, aber feiner Zwischenfall.

Ihr gemietetes Ufo geriet nämlich mitten im All in eine Demonstration gegen die Umbenennung der Milchstraße in Sesamstraße. Drahtzieher dieses unbewilligten Anlasses waren die Rädelsführer der trotteligen Milchstraßen-Gang. Allen voran das berühmtberüchtigte Pustekuchen-Monster. Es handelte sich dabei nicht etwa um *irgendein* x-beliebiges Monster, oh nein, sondern um Knäckeback, das beknackte Zwiebrot. Zwei weitere Mitglieder dieser chaotischen

Rasselbande, die mit ihren feuerroten Spielmobilen die ganze Galaxis unsicher machten, waren ebenfalls anwesend.

Und zwar Madame Tamtam, die militante Tante, sowie Wutzli, der verkaterte Kater, der sich selbst die ganze Zeit Witze erzählte. Diese gemeingefährlichen Kreaturen stammten einerseits von der einflussreichen Linie der intergalaktischen Knäckebrot-Dynastie ab und waren gleichzeitig Abkömmlinge des knusprigen Zwieback-Clans.

Als Terry den gigantischen Pustekuchen erblickte, brüllte er entsetzt: «So ein Mist, wir werden verfolgt von Knäckeback, dem beknackten Zwiebrot, und seinen Gehilfen. Jetzt ist alles aus!»

Er wusste, dass es nur noch eine Chance gab, um dieser brenzligen Situation zu entkommen: Sie mussten sich entweder selbst den Kopf abbeißen oder so tun, als würden sie sich selber entführen. Terry entschied sich für die Entführungsvariante und setzte den genialen Plan sofort in die Tat um. Er konnte zwar nicht einmal einen Papierflieger basteln, geschweige denn ein richtiges Ufo steuern, dennoch drückte er wild durcheinander auf alle möglichen Knöpfe im Cockpit.

Dabei schaltete er dummerweise den Autopiloten aus, worauf das Raumschiff orientierungslos durch das Weltall sauste. Doch Knäckeback und seine Freunde ließen sich nicht so leicht abschütteln und nahmen sogleich die Verfolgung auf. Gerade als der Pustekuchen zum entscheidenden Vernichtungsschlag ausholen wollte, erschien am Horizont eine Staubwolke, aus der sich bald darauf zwei Gestalten herauskristallisierten.

«Hurra», triumphierte Melinda, «das sind die zwei anti-apokalyptischen Reiter, wir sind gerettet.»

Es waren tatsächlich Robin Food, der verfressene Weltraumpirat, und seine Assistentin, die gestörte Fee namens Toffi-Fee. Robin Food hatte nicht nur die süße Toffi-Fee zum Fressen gern, er liebte auch knackige Zwiebrote über alles. Weil er so ein furchtbarer Fresssack war, der alles wahllos in sich hineinstopfte, gab man ihm in Insiderkreisen unzählige Übernamen wie zum Beispiel Pac-Man, die Naschkatze, Mac-Pan, die Kaschnatze, Cash-Man, die Haschfratze, oder Flash-Pac, die Waschglatze.

Jedenfalls war Robin Food an diesem Tag zufällig gerade inkognito unterwegs. Es war nämlich der intergalaktische Feiertag des Milchschnitten- und Gummibären-Fanclubs. Deshalb hatte er sich als Milchbär und seine Assistentin Toffi-Fee als Gummischnitte verkleidet. Schon beim bloßen Anblick vom beknackten Zwiebrot lief ihm das Wasser im Mund zusammen.

«Eins, zwei, drei; Weltraumpolizei», jauchzte er übermütig, «na, wen haben wir denn da? Knick, knack, Knäckeback. Ein Zwiebrot in freier Wildbahn ist noch besser als gebratener Truthahn.»

Darauf riss sich Robin Food die Maskerade herunter und zeigte sein wahres Gesicht. Aber Knäckeback, das Zwiebrot, war nicht so einfach kleinzukriegen. Denn es war nämlich gar nicht so beknackt, wie alle immer glaubten.

«Na gut, ihr milchschnittigen Gummiviecher, ihr habt mich erwischt», zischte es gedemütigt, «aber noch ist nicht aller Tage Abend. Wollt ihr wissen, weshalb?»

«Nein, eigentlich nicht, denn mein Magen knurrt fürchterlich», erwiderte Robin Food gleichgültig.

«Ich verrate es euch aber trotzdem», wieherte der Pustekuchen trotzig. Er schnippte lässig mit den Fingern und im selben Augenblick tauchte hinter ihm knatternd eine Flotte von feuerroten Spielmobilen aus dem Nichts auf. Bevor jemand reagieren konnte, gab die militante Tante, Madame Tamtam, den Befehl zum Angriff.

Aber Wutzli, der verkaterte Kater, war wie immer so blau, dass er Angriff mit Dünnpfiff verwechselte und so laut furzte, dass daraus später die Urknalltheorie abgeleitet wurde. Robin Food und die Toffi-Fee wurden durch den orkanartigen Windstoß derart heftig weggefegt, dass sie mit Überlichtgeschwindigkeit in der Zeit zurückreisten. Und zwar so schnell, dass sie auf dem Planeten Erde landeten, bevor die Zeit überhaupt erfunden wurde. Man hatte ganz einfach noch gar keine Zeit gehabt, um die Zeit zu erfinden.

Auf jeden Fall waren Robin Food, der Weltraumpirat, und die kleptomanisch veranlagte Toffi-Fee im Gummischnitten-Kostüm durch diesen Vorfall die ersten Lebewesen auf der Erde. Historiker bezeichneten diese beiden Figuren später einstimmig als Adam und Eva. Aber nachdem die Toffi-Fee das Meer geklaut und Robin Food alle Dinosaurier zu Tode gelangweilt und anschließend aufgefressen hatte, wurden die beiden wieder ausgeschafft.

Selbst Knäckeback, das beknackte Zwiebrot, hatte mittlerweile die Nase gestrichen voll von Knäckebrot und Zwieback. Deshalb ließ er sich nach dieser Aktion kurzerhand zu einem Dunkin' Donut umoperieren und trieb fortan unter dem Pseudonym Hasso, der Hooligan, sein Unwesen. Aus diesem schokoladigen Riesendonut entstanden dann auch die zahlreichen Legenden über fliegende Untertassen. Wutzli lachte sich kurz darauf tot, nachdem er sich selbst einen Witz erzählt hatte, den er noch nicht gekannt hatte.

Madame Tamtam gewann bei einem Hässlichkeitswettbewerb den ersten Preis und wurde zur *Miss Milky Way* gekürt, worauf ihr vor Wut der Kopf explodierte, der seither als Weltraummüll herumschwirrt.

Tja, und was passierte mit unseren Freunden Melinda und Terry? Bevor sie definitiv zurück zur Erde flogen, überfielen sie unterwegs noch rasch den Mond und zwangen ihn, das Wort *Sugus* rückwärts zu buchstabieren. Weil er das jedoch nicht auf die Reihe kriegte, fesselten sie ihn an eine Straßenlaterne und kitzelten ihn aus. Vor lauter Lachen blähte sich der Mond dermaßen auf, dass dieses Phänomen seit diesem denkwürdigen Tag als Vollmond bekannt ist.

Das ganze Theater löste bei den übrigen Planeten der Milchstraße einen ziemlichen Aufruhr aus. Denn dem Saturn ging dieses ewige Gelächter so auf die Nerven, dass er sich als Lärmschutz seinen eigenen Saturnring strickte. Darauf wurde Neptun ganz blau vor Neid und die Sonne strahlte vor Schreck so stark, dass sich der Mars rötlich verfärbte, weil seine Sonnencreme gerade auf der Erde in den Ferien war, um das Ozonloch zu stopfen.

Dort riefen alle Schokoladenriegel ehrfürchtig: «Seht nur, Mars macht mobil!»

Und das alles wegen einem knäckebackigen, zwiebrotigen Pustekuchen. Alles klar?

21

Sehnsucht
(das mystische Königreich)

Es war einmal eine wunderschöne orientalische Prinzessin, die schon seit Kindheitstagen eine unstillbare Sehnsucht nach etwas Unbekanntem in sich trug.

Samara, wie die junge Frau hieß, erzählte nie jemandem etwas davon. Schon gar nicht ihrem Vater, der im Sinn hatte, seine Tochter mit dem selbstverliebten, eitlen Prinzen aus dem benachbarten Königreich zu verheiraten, um gewinnbringende politische Bande mit der ansonsten nicht gerade freundlich gesinnten Königsfamilie zu knüpfen. Doch Samara dachte nicht im Traum daran, aus rein politischen Gründen einen Mann zu heiraten, den sie gar nicht liebte.

Zu groß war ihre undefinierbare, romantische Sehnsucht nach echter Liebe, nach Antworten auf ihre tiefgreifenden Lebensfragen. Nacht für Nacht stand Samara auf dem Balkon ihres Schlafgemachs und blickte sehnsüchtig in den funkelnden Sternenhimmel. Obwohl sie jede Nacht ein Gebet zum Himmel schickte, jemand möge ihr doch helfen, geschah nie etwas.

Schließlich kam der Tag, als der Vater seiner Tochter voller Freude verkündete: «Endlich konnte ich den König dazu bringen, seinen Sohn mit dir zu vermählen. Das wird beiden Königshäusern nur Vorteile bringen, vor allem natürlich wirtschaftliche. Zwei Tage nach dem nächsten Vollmond soll die Heirat stattfinden.»

Samara war entsetzt über diese Nachricht. Unbeirrt fuhr sie fort, ihre nächtlichen Stoßgebete ins Universum zu schicken, doch scheinbar vergebens. Zwei Tage vor der Hochzeit jedoch passierte etwas Unerwartetes.

Mitten in der Nacht erwachte sie aus unruhigem Schlaf und verspürte den unwiderstehlichen Drang, auf den Balkon zu gehen. Der Vollmond leuchtete in goldenem Schein und erhellte die Nacht mit sanftem Glanz. Wie verzaubert spähte Samara in den wolkenlosen Sternenhimmel, der in dieser Nacht eine besonders magische Wirkung auf sie ausübte. Ihre Sehnsucht war so unendlich groß, dass ihr einfach so die Tränen über ihr hübsches Gesicht strömten.

Auf einmal erblickte sie eine Sternschnuppe, die sich nach einigen Sekunden in Luft auflöste. *Folge deiner Sehnsucht. Folge der Sternschnuppe*, vernahm sie eine leise Stimme in ihrem Herzen. Samara wusste sofort, dass diese göttliche Botschaft die langersehnte Antwort des Universums war.

*

Ohne zu zögern, packte sie ihre wichtigsten Habseligkeiten zusammen und schlich auf leisen Sohlen aus dem elterlichen Königspalast. Ihrem Vater hinterließ sie eine Nachricht mit den Worten:

«Ich muss dem Ruf meines Herzens folgen, sonst verbrennt mich meine Sehnsucht.»

Abenteuerlustig sattelte die unerschrockene junge

Frau ihren schwarzen Hengst und ritt ostwärts. Denn das war die Richtung, wo sich die Sternschnuppe aufgelöst hatte. Nachdem sie einige Stunden durch die Wüste geritten war, ging am Horizont wie eine riesige, leuchtende Scheibe die Sonne auf. Samara spürte, wie sie von einem elektrisierenden Glücksgefühl durchströmt wurde. In diesem Moment wusste sie, dass sie die richtige Entscheidung getroffen hatte.

Einige Zeit später gelangte sie zu einer Oase, wo sie sich ausruhte und ihr Pferd tränkte. Erschöpft, aber zufrieden nickte sie ein, bis sie etwa eine Stunde später von einem unheimlichen Donnergrollen geweckt wurde, das von einem leichten Rumpeln tief in der Erde begleitet wurde.

Verängstigt lief die Prinzessin hin und her, spähte in die Wüste, aber alles, was sie erkennen konnte, war eine verschwommene Karawane in weiter Ferne.

Noch am selben Morgen traf die Karawane in der Oase ein. Der Führer, ein sympathischer junger Mann, ging sofort auf Samara zu.

«Hast du von dem gewaltigen Erdbeben gehört?», fragte er besorgt.

«Nein, was ist denn passiert?», wollte sie wissen. «Es wurde mir berichtet, dass heute Morgen im Westen ein mächtiges Erdbeben stattgefunden und die beiden verfeindeten Königreiche völlig zerstört hat. Es soll nur wenig Überlebende geben.»

«Meine Güte», rief Samara entsetzt, «das ist meine Familie.»

Mit tränenerstickter Stimme erklärte sie dem Fremden ihre Situation, worauf er sofort einwilligte, sie zurückzubegleiten.

Auf dem Rückweg kamen Samara und Ben, wie der Mann hieß, ins Gespräch. Sie mochten sich auf Anhieb. Ben vertraute ihr an, dass er seit Jahren von einer unstillbaren Sehnsucht geplagt werde, die ihn kreuz und quer durch die arabische Halbinsel trieb, jedoch ohne seine Rastlosigkeit zu lindern. Samara war sofort klar, dass das Schicksal sie zusammengeführt hatte.

Als sie den einst stolzen Königspalast ihrer Heimat erreichten, fanden sie nur noch einen gigantischen Trümmerhaufen vor. Zwischen den Trümmern irrten unter Schock vereinzelte Menschen umher, welche die tragische Katastrophe überlebt hatten. Samara und Ben retteten gemeinsam, was es noch zu retten gab.

Unter einem Haufen Schutt entdeckte Samara eine leblose Hand, in der ein zerknitterter Zettel steckte. Mit pochendem Herzen bat sie Ben, das Papier aus der steifen Hand zu klauben und ihr die Worte vorzulesen.

«Ich muss dem Ruf meines Herzens folgen, sonst verbrennt mich meine Sehnsucht», las er ihre eigene Botschaft, die sie am Vortag für ihren Vater geschrieben hatte, laut vor. Darauf konnte sich Samara nicht mehr beherrschen. Schluchzend fiel sie Ben in die Arme, der sie liebevoll tröstete.

«Moment mal, da steht noch etwas», flüsterte er ihr besänftigend ins Ohr, «aber das ist mit einer anderen Handschrift geschrieben.»

Erneut las er laut vor: «Egal was du tust, ich werde dich immer lieben, meine Tochter. Möge deine Sehnsucht erfüllt werden.»

*

In den folgenden Jahren bauten Samara und Ben, zusammen mit den Überlebenden beider ehemals verfeindeten Königreiche, den Palast sowie alle zerstörten Häuser neu auf. Noch nie zuvor hatte die Welt eine derart märchenhafte, überirdisch schöne Stadt gesehen.

Schließlich heirateten die beiden und hatten fünf wunderbare Kinder. Sie regierten das Land bis an ihr Lebensende und ließen stets Gerechtigkeit, Frieden und Edelmut walten.

Später entstand daraus die Legende vom mystischen Königreich im Orient. Die Sehnsucht, die Samara und Ben einst zusammengeführt hatte, konnte sie nie wieder voneinander trennen.

22

Helden

We could be Heroes – just for one day
(David Bowie: Heroes)

Prolog
das kosmische Reisebüro

«Hereinspaziert, hereinspaziert», rief ein attraktiver Werbe-Engel, um Kundschaft anzulocken, «wir suchen Forscher, Abenteurer und sonstige mutige Seelen, die gerne einmal Helden sein möchten. Selbst wenn es nur für einen Tag ist.»

Wie das Leben manchmal so spielt, schlenderte genau in diesem Augenblick ein junger Mann an diesem obskuren Reisebüro vorbei, der sich spontan angesprochen fühlte von dieser Aktion.

Dazu muss jedoch noch Folgendes angemerkt werden: Bei diesem Werbe-Engel handelte es sich nicht etwa um irgendeine billige Imitation, oh nein, wir sprechen hier von einem *echten* Engel. Das heißt, einer mit Flügeln, Heiligenschein, Harfe und allem Drum und Dran. Denn das kosmische Reisebüro befand sich nicht auf unserer dreidimensionalen Erde, sondern auf der dritten Planwelt der jenseitigen Astralebene. Also dort, wo der normale Durchschnittsmensch hinkommt, nachdem er auf der Erde gestorben ist.

Rückblende

Tim war einer dieser typischen Durchschnittsmenschen gewesen. Spirituelle Dinge hatten ihn nie sonderlich interessiert. Demzufolge hatte er sein ganzes Leben diesbezüglich ziemlich unwissend verbracht, oder besser gesagt: verplempert. Das Einzige, woran er immer geglaubt hatte, war, dass er eines Tages, nach seinem Abgang, automatisch in eine Art rosarote Wattebauschwelt gelangen würde. Und selbstverständlich würde er dann auch quasi wie auf Knopfdruck weise sein und alles wissen. Tja, schön wär's. Aber so funktioniert dieses Spiel leider nun mal nicht.

Als es dann so weit war und Tim nach seinem Hinschied auf der anderen Seite des Schleiers aufwachte, staunte er nicht schlecht.

Die Welt um ihn herum hatte sich gar nicht allzu groß verändert und auch sein Bewusstsein befand sich mehr oder weniger immer noch auf derselben Stufe wie im irdischen Leben. Also alles ziemlich unspektakulär und unheldenhaft. In letzter Zeit hatte Tim jedoch immer öfter mit dem kühnen Gedanken gespielt, wieder auf die Erde zurückzukehren und dort ein Leben als Held zu verbringen.

Was für eine Art von Held, war ihm eigentlich völlig schnuppe. Ob Filmheld, Alltagsheld oder bloß Pantoffelheld. Okay, das vielleicht eher weniger. Die Hauptsache war, dass er ein spannendes Leben voller gefährlicher Abenteuer führen konnte. Nicht so wie sein letztes Leben, welches er praktisch komplett vermasselt hatte.

Durchschnittsfamilie, Durchschnittsjob, Durchschnittswohnung ... und dann kam die Flucht in eine tragische Drogenabhängigkeit. Diese Sucht hatte ihn schlussendlich auch aus seinem armseligen, kleinen Leben gerissen. Wobei man in diesem Fall wohl eher von Befreiung sprechen müsste. Denn Tims Seele wollte sich irgendwann einfach nur noch aus diesem kranken Körper befreien und wieder ganzheitlich sein. Also alles halb so schlimm.

Es war ja sowieso nur ein oberflächliches, rein materielles Leben gewesen – ohne jede geistige Tiefe. Im Gegenteil, über tiefgründige Dinge hatte sich Tim immer nur lustig gemacht. Eigentlich deshalb, weil er sich insgeheim vor Dingen fürchtete, die man sich nicht mit dem logischen Verstand erklären konnte.

Und nun stand er plötzlich da vor diesem lächelnden Engel, der ihm sozusagen eine weitere Chance für ein irdisches Abenteuer anbot.

Ende der Rückblende / wieder im kosmischen Reisebüro

Mit einem nervösen Kribbeln im Bauch ließ sich Tim vom blondgelockten Werbe-Engel in das von außen unscheinbar wirkende Reisebüro mit dem wohlklingenden Namen *Zum goldenen Flügelschlag* führen. Der Werbespruch dieser Agentur lautete vielversprechend: *Ihr Spezialist für interdimensionale Abenteuerreisen.*

Weil er drinnen noch kurz warten musste, studierte Tim neugierig die verschiedenen Prospekte mit all den diversen Sonderangeboten. *Faszination Venus*, hieß es da zum Beispiel, sowie *Weltraumcamping auf dem Mond*. Oder *Abenteuerferien auf dem Sirius*. Außerdem hing da noch zusätzlich ein großes Werbeplakat, auf dem doch tatsächlich in großen Buchstaben stand: *Spiel und Spaß auf der Erde*.

«Ha», platzte es aus Tim heraus, worauf eine Angestellte auf den noch nicht bedienten Kunden aufmerksam wurde.

«Kann ich Ihnen behilflich sein», fragte sie freundlich, «oder haben Sie irgendeine Frage zu einer unserer derzeitigen Aktionen?»

«Spiel und Spaß auf der Erde», erwiderte Tim mit hochgezogenen Augenbrauen, «ist das jetzt eher ironisch gemeint? Ich meine ... immerhin habe ich gerade ein ganzes Leben dort verbracht. Eigentlich müsste der Werbeslogan eher lauten: *Mord und Totschlag auf der Erde*. Na ja, wie dem auch sei ... haben Sie sonst noch etwas Aufregendes im Angebot?»

«Oh ja», antwortete die Verkäuferin mit beinahe schon penetrant strahlendem Lächeln. «Seit heute haben wir ein brandneues, ganz exklusives Abenteuer in unserem Angebot. Es geht um einen Schnupperkurs im sogenannten *Zeit-Hüpfen*. Wir haben dieses überaus gewagte Programm noch nie zuvor durchgeführt. Deshalb suchen wir immer noch mutige Leute wie Sie, die bereit wären, als Helden und Pioniere in die Geschichte einzugehen.»

Beim für ihn magischen Wort *Helden* wurde Tim definitiv hellhörig. «Aha, das tönt ja höchst interessant. Um was geht es denn da genau?»

«Das Programm heißt: Der Zeitreisen-Tourist», flüsterte die Dame geheimnisvoll, «dabei wird man jeweils für einen Tag in ein beliebiges Zeitfenster katapultiert. Später kann man dann immer noch entscheiden, ob man in dieser selbst ausgewählten Epoche tatsächlich ein ganzes Leben verbringen möchte oder nicht.»

«Cool, dieses Schnupperabonnement buche ich gleich», antwortete Tim entschlossen, «wann soll es denn losgehen?»

«Da sich bis jetzt ehrlich gesagt noch niemand getraut hat, diese interdimensionale Reise zu unternehmen, sind Sie der einzige Kandidat», gab die Reisebüro-Angestellte offenherzig zu, «deshalb könnten Sie morgen früh theoretisch gleich starten.»

Der Zeitreisen-Tourist

Gleich am nächsten Tag quetschte sich Tim ganz allein in eine winzig kleine Raumfähre, die zugleich auch als Zeitkapsel diente. Weil er sich nicht für eine bestimmte Epoche entscheiden konnte, drückte er einfach aufs Geratewohl auf den hellgrünen Knopf mit der Aufschrift *Zufallsgenerator*.

Die erste Exkursion verfrachtete ihn dann auch gleich auf die Erde, und zwar ins Jahr 2025. Als Tim aus seinem Gefährt ausstieg, war er zunächst einmal schockiert, denn er war mitten in einer trostlosen Großstadt gelandet.

Aber noch schlimmer war, dass er überall bloß roboterhafte Gestalten mit leerem Gesichtsausdruck entdeckte, die wie hypnotisiert durch die von computergesteuerten Automobilen verstopften Straßen schlurften. Die Leute schienen das ganze Gewimmel oder die verpestete Luft jedoch gar nicht zu bemerken, denn die meisten von ihnen waren zu sehr in die virtuellen Welten ihrer elektronischen Geräte vertieft. Kein Wunder, sie konnten gar nicht anders. Denn viele von ihnen hatten sich, dem aktuell vorherrschenden Zeitgeist entsprechend, einen trendigen Mikrochip einpflanzen lassen. Und nun saßen sie hilflos in der Falle, da sie nicht mehr eigenständig denken konnten.

«Oje, moderne Stadtsklaven», dachte Tim angewidert, «gefangen in einer künstlich erzeugten Tyrannei. Das kenne ich zur Genüge, da ich bis vor Kurzem auch einer von ihnen war. Das Schlimmste aber ist die traurige Tatsache, dass all diese suchtkranken, irregeleiteten Menschen vermutlich ihr ganzes Leben lang gar nie merken werden, wie fremdgesteuert sie eigentlich sind. Zu sehr sind sie geistig in die vorgegebenen Denkschablonen dieses menschenkalten Systems eingezwängt worden.

Und damit diese armen Teufel, die noch zu nichts Höherem fähig sind, auch irgendeine Beschäftigung haben, müssen sie dem Glück eben in virtuellen Computerwelten nachjagen. Daran gibt es meiner Meinung nach absolut nichts Heldenhaftes. Deshalb möchte ich von hier so schnell wie möglich wieder verduften.»

Ohne zu zögern, hüpfte Tim eilig in die Zeitmaschine und drückte wiederum auf den magischen Zufallsgenerator-Knopf. Es dauerte nicht lange, da befand er sich bereits an der nächsten Station seiner eigenartigen Rundreise durch Zeit und Raum. Diesmal gefiel ihm die Umgebung um einiges besser.

Denn anstelle von Wolkenkratzern, Verkehrslärm und seelisch kaputten High-Tech-Kreaturen, fand er sich inmitten von einer paradiesischen Blumenwiese wieder. Überall gab es prächtige Bäume, die den Menschen Schatten spendeten. Menschen? Komisch, da war ja gar niemand zu sehen.

«Hmmh, wo sind die denn alle» murmelte Tim irritiert vor sich hin, «etwa ausgestorben?»

Der Bordcomputer seiner Raumkapsel zeigte das Jahr 2080 an.

Dass ständig eine rote Warnlampe blinkte, fiel ihm gar nicht auf. Erstens war die Maschine im Autopilot-Modus und zweitens hatte der gute Tim sowieso keinen blassen Schimmer von dem ganzen technischen Schnickschnack im Cockpit. Nichts Böses ahnend stieg der junge Abenteurer aus seiner Maschine, um die herrliche Gegend zu Fuß etwas auszukundschaften.

Kaum hatte er sich einige Meter davon entfernt, hörte er plötzlich ein beunruhigend zischendes Geräusch. Als sich Tim erschrocken umdrehte, sah er gerade noch, wie die Zeitmaschine – praktisch direkt vor seiner Nase – verschwand.

Gefangen in der Zukunft

Die Zeitmaschine war so programmiert worden, dass sie bei einem allfälligen technischen Defekt automatisch zur Heimbasis zurückkehrt. Dumm nur, wenn der Passagier dabei nicht an Bord ist.

«Na toll», seufzte Tim kopfschüttelnd, «allein und

verlassen, irgendwo in einem Park. Und das erst noch im Jahr 2080. Wer hätte gedacht, dass aus mir einmal so eine Art Robinson Crusoe der Neuzeit werden würde.»

Tja, der gute Tim wollte ja schon immer ein Held sein. Jetzt konnte er beweisen, ob er wirklich das Zeug dazu hatte.

Während er völlig planlos durch die wunderschöne Landschaft spazierte, fiel ihm relativ schnell auf, wie enorm friedlich hier alles war. Das musste wohl daran liegen, dass weit und breit keine nervigen Menschen in Sicht waren. Die zahlreichen bunten Vögel schienen es ebenfalls zu genießen. Jedenfalls zwitscherten sie derart laut von den Bäumen, als ob es kein Morgen geben würde. Damit hatten sie gar nicht mal so unrecht.

Denn das wilde Gezwitscher der Vögel diente einzig und allein dem Zweck, um sich untereinander zu warnen. Die Tierwelt hatte natürlich bereits gespürt, dass ein Super-Tornado im Anzug war, der vermutlich alles vernichten würde. Genau aus diesem Grund sah man auch nirgendwo eine Menschenseele, denn die hatten sich natürlich schon längst verbarrikadiert, oder waren geflüchtet.

Es dauerte nicht lange, da brauten sich am Himmel bereits die ersten dunklen Wolken zusammen. Dann zog ein leichter Wind auf und schließlich begann es leicht zu tröpfeln. Allmählich merkte auch Tim, dass wohl demnächst ein heftiges Unwetter aufziehen würde. Verzweifelt suchte er die Gegend nach einem Unterschlupf ab, der ihm Schutz bot. Die Zeit drängte, denn mittlerweile war der Himmel pechschwarz und es regnete in Strömen. Völlig durchnässt und vom

Wind verweht kam Tim schließlich zu einer kleinen Baumgruppe, die am Fuße eines Hügels stand. Zwischen diesen mächtigen Bäumen entdeckte er einen höhlenartigen Eingang.

«Puh, das nennt man wohl Rettung in letzter Sekunde», sagte er laut zu sich selbst, während er sich im Halbdunkel vorsichtig vorantastete. Irgendwann war der gestrandete Zeitreisen-Tourist dermaßen erschöpft, dass er in einen tiefen Schlaf fiel. Vom alles zerstörenden Jahrhundertsturm, der draußen tobte, bekam er nichts mit.

In dieser Nacht hatte Tim jedoch einen sehr mysteriösen Traum. Und zwar wurde ihm in dieser Vision unmissverständlich mitgeteilt, dass er gleich am nächsten Tag dem natürlichen Lauf der tunnelartigen Höhle folgen solle, bis er an eine Wegkreuzung gelange.

Am Morgen konnte sich Tim seltsamerweise so klar und deutlich an diesen nächtlichen Traum erinnern, dass er sich sofort auf den Weg machte. Etwa eine Stunde lang kämpfte er sich durch den schmalen, dunklen Durchgang, bis er endlich die prophezeite Weggabelung erreichte.

«Okay ... was jetzt?», dachte Tim angestrengt nach. «Rechts oder links?»

Doch die Antwort kam wie so oft im Leben ganz von allein. Plötzlich huschte links von ihm eine Ratte vorbei, die ihn dermaßen erschreckte, dass er instinktiv auf die andere Seite sprang. Dann ging alles Schlag auf Schlag.

Völlig überrumpelt rutschte Tim auf dem feuchten, glitschigen Untergrund aus und purzelte ungeschickt durch den Tunnel auf der rechten Seite. Weil er nirgendwo Halt fand, schlitterte er auf dem Rücken völlig hilflos etwa zwanzig Meter schräg nach unten. Bis er in einer finsteren, unterirdischen Höhle endlich zum Stillstand kam. Sein Herz raste wild vor lauter Angst und Beklemmung.

«Scheiße, wo bin ich da bloß gelandet?», rief er panisch in die Dunkelheit. «Hallo? Hört mich jemand?»

Keine Antwort.

«Hilfeee», schrie er aus Leibeskräften, «holt mich hier raus ... bitte.»

Immer noch Stille. Leise schluchzend und ohne jegliche Hoffnung kauerte Tim auf dem kalten Boden. Um nicht wahnsinnig zu werden, begann er, mit sich selbst zu sprechen.

«So endet also dieses fabelhafte Abenteuer. Einsam und verlassen an einem finsteren, gottverlassenen Ort», flennte er mit zittriger Stimme, «dabei wollte ich so gerne einmal ein Held sein ... wenn auch nur für einen einzigen Tag.»

Plötzlich hörte Tim ein knirschendes Geräusch, das immer näherkam. Er konnte ganz deutlich erkennen, dass es sich dabei um das Tapsen von kleinen Schritten handelte.

«Oh mein Gott, das ist bestimmt irgendein menschenfressendes Monster aus der Unterwelt », schoss es ihm durch den Kopf, während ihm vor Schreck das Blut in den Adern gefror. Mucksmäuschenstill, mit angehaltenem Atem hockte er einfach da und wartete, bis ihn dieses Biest zerfleischen würde.

Die Kinder von Delphinus

Doch stattdessen ertönte auf einmal eine helle, unschuldige Kinderstimme, nicht weit von ihm entfernt.

«Wir sind hier», rief ein Junge in die Dunkelheit, «sind die Retter da?»

Inzwischen hatten sich die Augen von Tim etwas an die trüben Lichtverhältnisse gewöhnt.

«Kinder?», antwortete er, während ihm vor Erleichterung Tränen über die Wangen strömten. «Was ... was um Himmels willen macht ihr denn hier unten?»

Kurz darauf konnte er tatsächlich zwei kleine Gestalten vor sich erkennen. Ein Junge und ein Mädchen, beide ungefähr acht oder neun Jahre alt.

«Wir haben gestern draußen gespielt», erklärte das Mädchen erschöpft, «als plötzlich dieser gewaltige Sturm aufzog. Dann sind wir in diese Höhle geflüchtet, die wir eigentlich gut kennen. Wir gingen immer weiter und weiter, bis wir eine Art Rutschbahn hinuntersausten und hier gelandet sind.»

«In dem Fall ist es euch etwa gleich ergangen wie mir», erwiderte Tim fürsorglich.

«Aber sagt mal, haben euch eure Eltern denn nicht vor diesem gefährlichen Tornado gewarnt? Und überhaupt: Wie heißt ihr eigentlich? Ich bin Tim, und ich werde euch hier wieder sicher hinausbringen, keine Angst. Ihr könnt mich von mir aus auch *Onkel Tim* nennen, wenn euch das besser gefällt.»

«Onkel Tim, das ist lustig», kicherte das Mädchen, «ich heiße Luna.»

«Und ich Pan», murmelte der Junge etwas verstört.

«Das sind aber hübsche Namen», versuchte Tim, die Kinder ein bisschen aufzumuntern, «wo kommt ihr denn her?»

«Wir wohnen nicht weit von hier», taute Pan allmählich auf, «in einem Dorf namens *Delphinus.*»

«Seltsame Namen haben die hier», dachte Tim. Doch dann fiel ihm wieder ein, dass er sich ja immer noch im Jahr 2080 befand, also weit in der Zukunft.

«Wir sind Geschwister», fuhr Pan fort, «unsere Mutter hat uns eigentlich ausdrücklich verboten, das Haus zu verlassen.»

«Aber wir haben es natürlich trotzdem getan», fügte Luna mit kindlicher Unschuldsmine hinzu. «Nun macht sich Mama bestimmt große Sorgen um uns.»

«Ach, das kriegen wir schon wieder hin», lächelte Tim vertrauensvoll, der nun durch eine spaßhafte Bemerkung plötzlich zum Onkel mutiert war. Auf jeden Fall waren seine Angst und all die trüben Gedanken inzwischen verflogen. Dafür hatten die beiden schutzlosen Kinder seinen Beschützerinstinkt geweckt, der tief in ihm geschlummert hatte und ihm nun neue Lebenskraft verlieh.

Danach machten sich die drei verschollenen Abenteurer auf den Weg nach draußen. Mit vereinten Kräften gelang es ihnen, den felsigen Schacht hochzuklettern, bis sie schließlich wieder den Haupttunnel erreichten. Nach einem kräftezehrenden Fußmarsch in der düsteren Höhle erblickte Tim plötzlich schummriges Tageslicht in der Ferne.

«He, schaut mal, Kinder», rief er erleichtert, «es

sieht ganz so aus, als gäbe es endlich Licht am Ende des Tunnels. Gleich haben wir es geschafft.»

Doch im selben Augenblick trat er aus Unachtsamkeit mit dem linken Fuß auf einen großen Stein und knickte seitwärts ab.

«Aaahh, verdammt», schrie er mit schmerzverzerrtem Gesicht, «ich glaube, ich habe mir soeben den Fuß gebrochen. So ein Mist aber auch.»

Weil Tim unter diesen Umständen nicht mehr weitermarschieren konnte, musste er sich kurz hinsetzen.

«Lass mich mal sehen, Onkel Tim», meinte Luna so abgeklärt, als hätte sie jahrelange Erfahrung in solchen Dingen. «Ich denke, das ist nur halb so schlimm. Darf ich?»

Dann tastete das Mädchen mit geübten Handgriffen den Fuß ab. Anschließend versetzte sie ihre Hände in eine Art Heilmodus und strich aus einigen Zentimetern Entfernung nochmals über das gesamte Unterbein.

«Keine Angst, du hast dir bloß den Knöchel verstaucht», erklärte Luna mit völliger Selbstverständlichkeit, «ich werde jetzt eine energetische Operation in deinem Aurafeld vornehmen. Dabei werden die verletzten Strukturen der beschädigten Sehnen und Bänder feinstofflich aktiviert und sozusagen automatisch wieder zurechtgerückt. Dadurch wird das verletzte Gewebe augenblicklich regeneriert. Das heißt, der ganze Heilvorgang dauert bloß wenige Sekunden.»

Bei diesen professionellen Erläuterungen aus dem Mund eines Kindes konnte selbst Tim nicht anders, als völlig verdutzt aus der Wäsche zu gucken.

«Aber ... das ist ja absolut unglaublich», rang er

nach Worten, «wie in aller Welt kann ein achtjähriges Mädchen solche tiefgründigen Dinge wissen? Da bin ich jetzt aber echt sprachlos.»

«Ach, das ist alles gar nicht so furchtbar kompliziert, wie es tönt», winkte Luna bescheiden ab, «außerdem bin ich schon neun Jahre alt, mein kleiner Bruder Pan ist erst acht.»

Verschmitzt kichernd schaute sie ihren jüngeren Bruder an, ehe sie unbekümmert fortfuhr.

«Bei uns lernen die Kinder schon in der Grundschule, wie energetisches Heilen funktioniert. Und wenn man erst einmal den geistigen Bauplan kennt, der einen menschlichen Körper mit all seinen verschiedenen Schichten ausmacht, dann muss man eigentlich nur noch das Reparaturprogramm aktivieren, das in jedem Menschen von Natur aus angelegt ist.»

Dann behandelte Luna den Fuß von Tim mit bloßen Händen und kurz darauf verspürte er absolut keine Schmerzen mehr.

«Wow, das ist ein Wunder», bemerkte er voller Erstaunen, «ich kann wieder gehen, als wäre nichts gewesen. Tausend Dank, Luna.»

«Wenn man die verborgenen Gesetzmäßigkeiten der Dinge kennt, dann gibt es eigentlich keine Wunder», erwiderte das Mädchen nüchtern, als wäre es die normalste Sache der Welt. «In dem Fall können wir jetzt ja weitergehen, oder?»

Ihr Bruder Pan rannte schon mal voraus. Er war voller Ungeduld, endlich wieder Tageslicht zu sehen und frische Luft zu schnuppern. Luna und Tim folgten ihm in gemächlichem Tempo, beide in ihre eigenen Gedanken versunken. Tim konnte immer noch nicht so ganz fassen, was er da gerade am eignen Leib erlebt hatte. Ein neunjähriges Kind hatte innert wenigen Sekunden einen verstauchten Fuß mit bloßen Händen geheilt, wofür es normalerweise mehrere Wochen gebraucht hätte.

Ein paar Minuten später befanden sich alle drei wieder draußen unter freiem Himmel und wärmten sich in der angenehm milden Morgensonne.

«Hurra, wir haben es geschafft», jauchzte Pan freudig, «wir sind wieder frei. Vielen Dank für die Rettung, Onkel Tim.»

«Ja, wir haben es tatsächlich geschafft», murmelte Tim nachdenklich vor sich hin, «aber was jetzt?»

«Na, wir gehen zurück in unser Dorf», frohlockte Pan mit kindlichem Übermut, «und du kommst natürlich mit. Denn unsere Eltern möchten den Helden, der uns gerettet hat, bestimmt auch kennenlernen.»

«Held», wiederholte Tim nachdenklich, «was ist schon ein Held? Ich meine, wie definiert man das? *Ihr* beiden seid für mich Helden. Du, Pan, bist ein mutiger, unerschrockener Junge. Und du, Luna, hast mich auf magische Weise geheilt.»

«Okay», meinte Pan achselzuckend, «dann sind wir eben alle drei Helden. Was haltet ihr davon?»

«Einverstanden», lächelte seine Schwester sanftmütig.

«Na gut, vielleicht hast du ja recht», gab sich Tim geschlagen, «mit dieser Erkenntnis kann ich eigentlich ganz gut leben.»

Danach spazierten sie frohen Mutes nach Delphinus, dem Heimatdorf der beiden Kinder.

Nach dem Sturm

Etwa zwanzig Minuten später erreichten die drei Wanderer den Dorfeingang von Delphinus. Der heftige Wirbelsturm hatte das Dorf nicht nur übel zugerichtet, sondern regelrecht zerstört. Alles, was übriggeblieben war, war ein einziger, riesiger Trümmerhaufen, umgeben von einer trüben Staubwolke.

«Oh mein Gott», stammelte Luna mit zittriger Stimme, «*Das* soll Delphinus sein? Unsere geliebte Heimat ... unser Haus ...»

Ohne weitere Worte rannten die Kinder los, um irgendwo in diesem gigantischen Chaos ihr ehemaliges Elternhaus zu suchen. Tim folgte ihnen natürlich, da ihm Übles schwante.

Wenig später fand er die beiden Geschwister schluchzend und sich verzweifelt aneinander festklammernd. Vor ihnen befand sich ein jämmerlicher Haufen Schutt und Asche. Überhaupt sah die ganze Umgebung aus wie nach einem Bombenangriff.

«Eure Eltern und all die anderen Bewohner haben sich bestimmt rechtzeitig in Sicherheit gebracht», versuchte Tim, die verängstigten Kinder zu beruhigen.

«Habt ihr eine Ahnung, wo sie sich versteckt haben könnten? Gibt es hier einen Schutzraum oder sonst irgendein Gebäude, wo die Bevölkerung bei Krieg oder Hurrikans Zuflucht findet?»

«Krieg?», wiederholte Luna mit fragendem Blick. «Was ist das? Dieses Wort habe ich noch nie gehört.»

«Oh, das ... das ist auch besser so», winkte Tim hastig ab, «du brauchst diesen altmodischen Begriff auch gar nicht zu kennen. Ich habe ganz vergessen, dass wir uns im Jahr 2080 befinden. Da gibt es so was vielleicht gar nicht mehr.»

«Selbstverständlich befinden wir uns im Jahr 2080», bemerkte Luna, die sich inzwischen wieder einigermaßen gefasst hatte, «wo kommst du denn eigentlich her? Dein Energiefeld fühlt sich nämlich ganz anders an als dasjenige, welches erdgebundene Menschen ausstrahlen.»

Nun war Tim definitiv in der Zwickmühle. Denn erstens wollte er die Kinder nicht anlügen und zweitens wusste er, dass sie ihn sowieso durchschauen würden.

«Na schön, ich bin ein Zeitreisender», gab er offen zu, «in Wirklichkeit komme ich aus der Vergangenheit. Dazu noch aus einer anderen Dimension, der sogenannten Astralwelt. Deshalb bin ich mit eurer Welt hier nicht so vertraut. Leider ist meine Zeitmaschine weg und nun bin ich hier in der Zukunft gefangen. Das heißt, in eurer Gegenwart natürlich. Könnt ihr mir einigermaßen folgen?»

«Ach, das ist doch nichts Außergewöhnliches», antwortete Luna völlig unaufgeregt.

«Zeitreisen und das gegenseitige Besuchen von Nachbarplaneten oder der Inneren Erde gehören bei uns schon seit vielen Jahren zum Alltag. Das hat man uns zumindest in der Schule so beigebracht ...»

Plötzlich hielt sie mitten im Satz inne, dachte kurz nach, und dann veränderte sich auf einmal ihr Gesichtsausdruck.

«Ha, ich hab's», sprudelte der Geistesblitz schließlich aus Luna heraus. «Jetzt weiß ich, wo alle sind.

Wieso bin ich nicht schon früher darauf gekommen?»

«Du meinst ... sie sind ... in », stammelte Pan ehrfürchtig.

«Genau das meine ich», unterbrach Luna ihren Bruder, «das ganze Dorf ist nach *Mirabel* geflohen, dessen bin ich mir sicher.»

«Mirabel?», fragte Tim verdutzt. «Was ist das denn? Etwa eine unterirdische Stadt?»

«Nein, eher eine überirdische», erklärte Luna mit ernster Miene, «genauer gesagt handelt es sich dabei um eine Raumstation. Sie befindet sich außerhalb der Erdatmosphäre und ist so riesig, dass dort im Notfall Tausende von Menschen untergebracht werden können.»

«Na, dann ist ja alles bestens», atmete Tim erleichtert auf, «die gesamte Bevölkerung ist also nach Mirabel evakuiert worden. Jetzt bleibt nur noch die Frage, wie man am einfachsten dort hinkommt. Habt ihr zufällig eine Idee?»

«Zufällig nicht», meinte Pan achselzuckend, «denn ich war noch nie an diesem geheimen Ort.»

«Na ja, man bräuchte ein Raumschiff-Taxi dazu», sagte Luna, «es gibt einen bekannten Erfinder, Herrn Mirabel Mondschein, nach dem auch die Raumstation benannt wurde. Er hat eine Fabrik, nicht weit von hier entfernt. Dort produziert er diese kleinen Raumfähren, mit denen man ganz einfach überall hinreisen kann. Als Piloten dienen menschenähnliche Roboter, die ebenfalls er konstruiert hat.»

«Das sind doch mal gute Neuigkeiten. Dann schauen wir am besten gleich nach, ob wir irgendwo noch so ein grandioses Luft-Taxi inklusive Pilot auftreiben können», schlug Tim vor.

Weil sie sowieso keine andere Wahl hatten, marschierten die drei sofort los. Kurz darauf erreichten sie ein halb eingestürztes Gebäude, an dem sogar noch ein großes Namensschild mit der Aufschrift *Space Station Mirabel* hing. Es war das einzige Gebäude weit und breit, welches den Sturm mehr oder weniger unbeschädigt überstanden hatte. Als sie sich vorsichtig ins Innere der großen Fabrikhalle wagten, vernahmen sie von irgendwoher, plötzlich seltsame Geräusche.

«Hallo? Ist da jemand?», rief Tim laut und deutlich in den Raum. Denn im trüben Licht des von allerlei Maschinen und sonstigen technischen Geräten vollgestopften Hangars konnte man nicht allzu viel erkennen.

Als Antwort ertönte wiederum dieses eigenartige, surrende Geräusch. Kurz darauf erschien aus einer Ecke die Silhouette von einer irgendwie mechanisch wirkenden Kreatur.

«Hallo, Freunde, ich bin Mirabelle», sprach das komische Ding mit einer weiblichen, jedoch unverkennbaren Computerstimme, «und wer seid ihr?»

Luna stupste Tim sachte am Arm und flüsterte ihm leise ein paar Informationen zu.

«Das ist einer dieser menschlichen Roboter, von denen es viele gibt. Sie sind zwar hochintelligent und können sogar menschliche Gefühle und Absichten erkennen, aber schlussendlich handelt es sich immer noch um von Menschen programmierte Maschinen. Die Arbeitsroboter von Mirabel bauen die Raumschiffe hier nicht nur zusammen, sondern sie können auch damit fliegen.»

«Das ist ja perfekt», erwiderte Tim zuversichtlich, «in dem Fall kann uns die charmante Frau Mirabelle hier doch gleich zu dieser ominösen Raumstation befördern, oder?»

Gesagt, getan. Wenig später befanden sich die drei Menschen bereits in einem Luft-Taxi. Madame Mirabelle, der charmante Roboter, steuerte die Maschine zunächst souverän – bis zu einem bestimmten Zeitpunkt.

Denn genauso wie es menschliches Versagen gibt, kann ab und zu eben auch mal ein technisches Versagen vorkommen. Dummerweise hatte die Pilotin Mirabelle ausgerechnet mitten im Flug einen technischen Defekt, worauf der Roboter von einer Sekunde auf die andere den Geist, oder besser gesagt die Programmierung, aufgab. Nun befand sich also plötzlich nur noch irgendein nutzloser Blechhaufen auf dem Pilotensitz, den man im Prinzip gleich als Sondermüll bei der nächstbesten Sammelstelle entsorgen konnte.

«Tja, so viel zum Thema Künstliche Intelligenz», meinte Tim lakonisch, «wie es aussieht, werde ich das Steuer wohl übernehmen müssen. So schwierig kann das ja nicht sein.»

Nachdem er sämtliche interaktiven Bildschirme im Cockpit überprüft hatte, fand er ziemlich schnell heraus, wie das Teil funktionierte.

«Ha, das ist ja wirklich kinderleicht», atmete Tim erleichtert auf, «zum Glück hat die gute Mirabelle im Voraus schon alles fein säuberlich programmiert. Jetzt muss ich eigentlich nur noch überwachen, ob der Kurs auch tatsächlich eingehalten wird.»

«Ja, aber dem Weltraummüll, den Satelliten,

Meteoriten sowie anderen unbekannten Flugobjekten solltest du ebenfalls ausweichen», klärte ihn die clevere Luna auf, «das haben wir nämlich auch in der Schule gelernt.»

«Ach ja? Gibt es dafür etwa ein eigenes Schulfach?», fragte Tim neugierig.

«Selbstverständlich, Onkel Tim. Es heißt: *Interstellare Raumfahrt*», antwortete Luna trocken.

«Interstellare ... was?», lachte Tim laut auf. «Du bist erst neun Jahre alt, und ihr lernt bereits solche hochstehenden Dinge in der Schule? Das ist ja unfassbar.»

«Im Jahr 2080 ist nichts unfassbar», schmunzelte Luna sichtlich amüsiert, «aber keine Sorge, du wirst dich ziemlich schnell daran gewöhnen.»

Tim sagte zwar nichts mehr dazu, aber innerlich konnte er natürlich trotzdem nicht fassen, wie weit entwickelt die Kinder hier bereits im Grundschulalter waren.

Obwohl die legendäre Raumstation Mirabel Hunderttausende Kilometer von der Erde entfernt lag, dauerte die Reise dorthin im Normalfall nur etwa vier Stunden. Denn man hatte eigens für diese Verbindung so etwas wie eine spezielle Flugstraße konstruiert, die von einem unsichtbaren Schutzschild umgeben war.

Das heißt, sobald sich eine zugelassene Raumfähre einmal in diesem durchsichtigen Tunnel befand, ging alles ruckzuck. Leider gelang es ausgerechnet dem Space-Taxi von Tim und den Kindern nicht, sich in diese magnetische Verbindungslinie einzuklinken. Vermutlich war das auf einen Fehler beim Programmieren des Bordcomputers zurückzuführen. Tja, auch

Roboter sind eben nicht perfekt.

«Ich befürchte, die Reise nach Mirabel könnte etwas länger dauern als geplant», seufzte Tim müde, «auf dem Bildschirm kann man diese angebliche Schnellspur-Luftstraße zwar deutlich erkennen, aber aus irgendeinem Grund findet der Autopilot die Einfahrt nicht.»

«Das liegt sehr wahrscheinlich daran, weil die gute Mirabelle vergessen hat, den Zugangscode für diese Linie einzugeben», meldete sich Luna zu Wort, «bei diesem geheimen Zahlencode handelt es sich um einen Sicherheitsmechanismus, damit sich unerwünschte Eindringlinge von der Raumstation fernhalten. Denn vor allem hier, in der Nähe der Erdatmosphäre, treibt sich allerlei übles Gesindel herum.»

«Aha, dann ist also auch in der Zukunft nicht alles Gold, was glänzt», dachte Tim für sich, «gut zu wissen.»

So kam es, dass das kleine Raumschiff mehr oder weniger orientierungslos irgendwo im Weltraum herumdüste, bis irgendwann alle drei Passagiere so erschöpft waren, dass sie in einen tiefen Schlummer fielen. Währenddessen geriet ihre Flugmaschine mit dem defekten Autopiloten stattdessen in ein anderes magnetisches Kraftfeld, welches sie mit mehrfacher Lichtgeschwindigkeit in ein unbekanntes Paralleluniversum katapultierte.

In der Regenbogenfabrik

Nach einer ziemlich unsanften Bruchlandung erwachten Luna, Pan und Tim irgendwann wieder aus ihrer Ohnmacht. Mit einem leichten Brummschädel öffnete Tim die Einstiegsluke der Raumfähre, die nach diesem verrückten Irrflug komplett im Eimer war.

«Tja, Kinder», stellte er nüchtern fest, «es sieht ganz so aus, als ob wir hier festsitzen ... wo auch immer wir uns befinden. Aber wenigstens haben wir diese Odyssee einigermaßen heil überstanden.»

Nachdem alle aus dem völlig demolierten Gefährt herausgeklettert waren, glaubten sie zunächst, ihren Augen nicht zu trauen. Denn direkt vor ihrer Nase befand sich ein großes, buntes Gebäude in Form eines Regenbogens.

«Na, das nennt man wohl Glück im Unglück», ertönte plötzlich eine tiefe Stimme im Hintergrund, «ein paar Meter weiter, und ihr hättet unsere hübsche kleine Regenbogenfabrik hier zerstört. Darf man fragen, was euch auf unseren abgelegenen Planeten führt?»

«Regenbogenfabrik?» Tim benötigte einen Augenblick, um zu erfassen, was sich da soeben abspielte. Mit großen Augen starrte er den stattlichen Zwerg mit dem langen Bart und der klassisch roten Mütze an, der offensichtlich gerade mit ihm sprach.

«Wir ... äh ... haben uns wohl irgendwie verflogen», stammelte Tim, immer noch leicht benommen. «Eigentlich wollte ich die Kinder zurück zu ihren Eltern bringen, das heißt auf die Raumstation Mirabel.»

«Ha, gibt's denn so was?», lachte der Zwerg laut.

«Du meinst doch nicht etwa zufällig *Mirabel Mondschein*, den größten Erfinder aller Zeiten?»

«Keine Ahnung, ich ...»

«... doch, genau den», unterbrach ihn Luna, «weißt du etwa, wie wir ihn finden können?»

«Hmmh, lasst mich mal kurz überlegen», meinte der Zwerg freundlich, «am besten kommt ihr zuerst mal herein in die gute Stube ... ich heiße übrigens Adalbert. Meine äußerst liebenswürdige Assistentin Mandy wird euch gleich Tee – und dazu natürlich unsere berühmten Regenbogenkekse – servieren.»

Es dauerte nicht lange, bis Mandy, eine Art Mischung aus traumhafter Märchenprinzessin und magischer Zauberfee, die unerwarteten Gäste mit allerlei Leckereien verwöhnte.

Anschließend stand ein kurzer Rundgang durch die Fabrik auf dem Programm.

«Das ist der einzige Ort weit und breit, wo Regenbogen hergestellt werden», erklärte Adalbert nicht ohne Stolz, «und zwar in allen möglichen und vor allem unmöglichen Farben und Formen, die man sich vorstellen kann. Bei euch Menschen werden ja bloß die runden, mit den ewig gleichen Farbtönen verwendet.

Aber natürlich gibt es zum Beispiel auch weiße, gezackte oder dreidimensionale Regenbogen. Wir produzieren hier alles und beliefern das ganze Universum damit. Jeder Planet hat eben seine eigenen, kulturell bedingten Vorlieben.»

Mit großem Erstaunen beobachteten die drei gestrandeten Abenteurer, wie unzählige Zwerge fleißig daran herumtüftelten, neue Modelle zu kreieren. Einige experimentierten geschickt mit Farben und Düften, während andere mehr für das Design zuständig waren. Nach dieser überaus spannenden Führung ging es wieder zurück ins Büro von Adalbert, dem sympathischen Oberzwerg.

«Das ist jetzt wirklich ein unglaublicher Zufall, oder vielleicht auch eine Fügung des Schicksals», verkündete Adalbert mit ernster Miene, «aber während unseres Rundgangs ist eine neue Bestellung eingetroffen. Und zwar für einen Riesen-Regenbogen mit zwölf verschiedenen Farben, der außerdem den herrlichen Duft von Vanille und Schokolade verbreiten soll.»

Nach einer kurzen Pause fuhr er in feierlichem Tonfall fort. «Ob ihr es glaubt oder nicht, aber genau diese Bestellung wurde tatsächlich aufgegeben von einem gewissen Mirabel Mondschein – für seine gleichnamige Raumstation. Anscheinend befinden sich dort zurzeit ziemlich viele Leute, die ein bisschen Aufheiterung gebrauchen können.»

«Oh ja», sagte Pan, während seine unergründlichen Augen geheimnisvoll leuchteten, «denn alle Einwohner von Delphinus wurden dorthin gebracht wegen dieses furchtbaren Sturms, der alles zerstört hat.»

«Davon habe ich zwar nichts gehört», zwinkerte Adalbert dem Jungen, der größer als er selbst war, aufmunternd zu, «aber auf jeden Fall trifft sich eure Notlandung hier ausgezeichnet mit der unerwarteten Bestellung von Mirabel Mondschein.

Denn wenn wir den Regenbogen versenden, können wir euch, sozusagen als zusätzliche Überraschung, gleich mitliefern. Na, da werden eure Eltern aber bestimmt nicht schlecht staunen.»

«Hurra», jauchzte Pan vor Freude, «meine Schwester Luna, Onkel Tim und ich können es kaum erwarten. Wann geht's denn los?»

«Sobald die Bestellung bereit ist für den Versand. Wenn ihr ein bisschen mithelft, dann geht es bestimmt schneller.»

Dazu musste Adalbert die beiden aufgeweckten Kinder nicht zweimal bitten. Laut jubelnd stürmten sie gleich in die Fabrikhalle, noch bevor der überrumpelte Zwerg überhaupt etwas erklären konnte. Unterwegs rannten sie beinahe die bezaubernde Mandy über den Haufen, die gerade Nachschub in Sachen Regenbogenkekse bringen wollte.

Während die Kinder den fröhlich singenden Zwergen dabei halfen, einen extra supergroßen, kunterbunten Schoko-Vanille-Regenbogen zusammenzubasteln, entspannte sich Tim in der gemütlichen Rainbow-Lounge.

Da Adalbert noch mit anderen geschäftlichen Angelegenheiten beschäftigt war, klärte Mandy den verbliebenen Gast über das weitere Vorgehen auf.

«Sobald der Regenbogen fertiggestellt ist, werden wir ihn in unsere magische Geschenkbox packen», sagte sie freundlich lächelnd, «anschließend wird er mitsamt euch dreien zum gewünschten Zielort gebeamt. So einfach ist das.»

«Heißt das etwa ... wir werden in eine Kiste verpackt und durch das ganze Universum geschickt?», hakte Tim leicht skeptisch nach.

«Genau, so machen wir das immer», kam die prompte Antwort, «das spart nämlich nicht nur viel Zeit, sondern auch Transportkosten.»

Dann fügte Mandy augenzwinkernd hinzu.

«Möchtest du noch ein Gläschen von unserem frisch gepressten Regenbogensaft probieren, Onkel Tim? Das beruhigt die Nerven.»

«Sehr gerne», murmelte Tim mit gemischten Gefühlen, «ich denke, das kann momentan nichts schaden.»

Schon am nächsten Tag hatten die munteren Zwerge den gigantischen Regenbogen fertiggestellt. Leider konnte man das Wunderwerk in der Fabrikhalle noch nicht in seiner wahren Pracht bestaunen, denn dafür war er natürlich viel zu groß. Wie üblich hatten die Arbeiter auch dieses Mal eine viel kleinere Version des Regenbogens gebastelt. Mit ihren hochmodernen Gerätschaften wie zum Beispiel fünfdimensionale Projektoren oder Atombeschleunigungs-Maschinen war es für sie ein Kinderspiel, jedes Objekt nach Belieben in Größe und Form zu verändern.

Zur Feier des Tages veranstalteten die Zwerge spontan eine kleine Abschiedsparty für die freundlichen Erdenbewohner. Dazu gehörte selbstverständlich auch ein, alles andere als zwergenmäßiges, Festbankett. Denn obwohl die Einwohner körperlich zwar relativ klein waren, hatten sie dafür einen umso riesenhafteren Appetit.

«Wenn wir schon mal Besuch haben, dann soll das auch gebührend gefeiert werden», meinte Adalbert schmunzelnd, «außerdem ist uns der Regenbogen für Mirabel Mondschein wirklich ausgezeichnet gelungen. Die Leute werden staunen, wenn sie den zu Gesicht bekommen.»

Ein paar Stunden später, gegen Abend, war es

dann schließlich so weit. Der Regenbogen befand sich fein säuberlich zerlegt in einer Schachtel, hübsch verpackt in festliches Geschenkpapier. Nachdem sich alle freundschaftlich voneinander verabschiedet hatten, wurden die Reisenden von Mandy in einen abgedunkelten Raum geführt, in dem sich ein sogenannter Molekulartransporter befand. Unterdessen programmierte Adalbert den Hauptcomputer mit dem gewünschten Zielort.

«Es ist wirklich ganz simpel», erklärte Mandy höflich, «ihr müsst euch einfach alle in diese, leider etwas kleine Kabine, da drüben quetschen. Anschließend werdet ihr innerhalb von wenigen Sekunden nach Hause teleportiert.»

Mit einem etwas mulmigen Gefühl im Magen begaben sich Luna, Pan und Tim schließlich wie geheißen in die düstere, enge Kabine und schlossen die Tür hinter sich. Dummerweise hatte in dem ganzen Trubel gar niemand bemerkt, dass sie die Kiste mit dem Regenbogen vergessen hatten. Die lag nämlich immer noch neben dem Eingang, wo Adalbert sie kurz zuvor deponiert hatte. Doch wie das Leben manchmal so spielt, stolperte Mandy beim Hinausgehen aus Versehen über die Schachtel.

«Oh nein», rief sie aufgeregt, «das Wichtigste hätten sie fast vergessen. Adalbert ... warte noch mit dem Start.»

Aber der pflichtbewusste Zwerg hörte leider nichts, da er im Kontrollraum nebenan saß und gutgelaunt eine fröhliche Melodie vor sich hin summte.

Ohne zu zögern schnappte sich Mandy das Paket, sprang geschmeidig wie eine Gazelle zum Transportportal zurück, und entriegelte in Rekordzeit die Tür.

«He, Freunde, ihr habt den Regenbogen vergessen», keuchte sie, während sie Tim die Schachtel eilig in die Hände drückte. Genau in dieser schicksalhaften Sekunde jedoch, in der sich Mandy im Inneren dieser ominösen Teleportation-Apparatur befand, betätigte Adalbert vom Kontrollraum aus nichtsahnend den Startknopf. Im selben Augenblick ertönte ein surrendes Geräusch, dann zuckten ein paar elektrische Blitze auf. Kurz darauf war die Kabine des interstellaren Materietransmitters so leer, als wäre gar nie jemand drin gewesen.

Am Ende des Regenbogens

Wenige Sekunden später, in einer weit entfernten Galaxie des Universums.

«Aha, da ist Post gekommen», murmelte Mirabel Mondschein gespannt, «dann wollen wir doch gleich mal sehen, was da Schönes in meinem kosmischen Briefkasten gelandet ist.»

Erwartungsvoll öffnete er die Tür von seiner Postbox, beziehungsweise von seinem ganz persönlichen Materieübertragungs-Empfänger. Dieses im Jahr 2080 völlig alltägliche Haushaltsgerät beruhte im Prinzip auf ganz banalen Gesetzen der Quantenphysik, welche man bereits vor vielen Jahrzehnten entdeckt hatte. Und der große Erfinder Mirabel hatte nun mal eine Schwäche für altmodische Gegenstände. Deshalb hatte er seinen interdimensionalen Teleportation-Briefkasten auch liebevoll im Retrolook gestaltet. Das heißt, von außen sah das Ding aus wie eine gewöhnliche, englische Telefonkabine aus dem zwanzigsten Jahrhundert.

Doch dann geschah etwas, mit dem er nie und nimmer gerechnet hatte. Denn kaum hatte Mirabel die Kabinentür geöffnet, stolperten ihm vier Gestalten entgegen, die sich nach der weiten Reise soeben wieder rematerialisiert hatten. Aufgewühlt, wie sie waren, plapperten sie wild durcheinander.

«Mirabel, bist du das wirklich?», rief Pan erfreut.

«Ach du meine Güte», sprudelte es aus Tim heraus, «Mandy, bist du tatsächlich mitgereist?»

«Tataaa, hier kommen die Regenbogenkinder vom Zwergenplaneten», strahlte Luna über das ganze Gesicht. Und Mandy seufzte bloß achselzuckend:

«Typisch ich, trete ständig von einem Fettnäpfchen ins nächste. Irgendwie bin ich halt einfach immer etwas zu voreilig.»

Der völlig überrumpelte Mirabel selbst brachte bloß ein erstauntes «Aber hallo, was ist denn da los?» heraus.

Nachdem sich die Situation etwas beruhigt hatte, erklärte Tim die ganze Geschichte in allen Einzelheiten.

Dann schloss er seine Erzählung mit den Worten: «Tut mir leid, dass dein hübsches kleines Raumschiff jetzt schrottreif ist. Aber dafür habe ich die Kinder gesund und munter zurückgebracht ... und dazu erst noch ein zauberhaftes Kindermädchen.»

«Mit Menschenkindern kenne ich mich ehrlich gesagt nicht so gut aus, eher mit kindischen Zwergen», kicherte Mandy, die immer noch etwas verlegen war wegen ihres vermeintlichen Missgeschicks.

«Was nicht ist, kann ja noch werden», entgegnete Mirabel schmunzelnd, «denn Betreuungspersonal könnten wir hier in der Tat gut gebrauchen. Aber wie dem auch sei, auf jeden Fall seid ihr allesamt Helden für mich.»

«Ach, das ist doch nicht der Rede wert», winkte Tim bescheiden ab. Mirabel dachte kurz nach, dann fügte er mit geheimnisvollem Lächeln hinzu:

«Ich habe eine Idee. Bevor wir euch, Luna und Pan, zu euren Eltern bringen, werden wir den Regenbogen über der Raumstation erstrahlen lassen. Ach, ich bin ja so aufgeregt. Ist das nicht ein Freudentag, meine lieben Freunde?»

Die Raumstation Mirabel war ungefähr gleich groß wie das Dorf Delphinus, denn für die Dorfbewohner wurde die Station ja ursprünglich auch erschaffen. Und zwar als Zufluchts-oder Ferienort, je nach Situation.

Natürlich war die gesamte Plattform, die an einem bestimmten Punkt im erdnahen Weltraum mittels einer von Mirabel Mondschein erfundenen Technik verankert war, von einer riesigen Kuppel überdacht. Denn ohne einen speziellen Astronautenanzug konnten sich die Menschen ja relativ schlecht im Freien aufhalten.

Aus diesem Grund hatte der schlaue Erfinder schon im Voraus dafür gesorgt, dass der magische Regenbogen genug Raum hatte, um sich im Innern der imposanten Kuppel zu entfalten.

«Hier werde ich die Kiste platzieren», sprach er feierlich, als sie in der belebten Aufenthaltshalle im

Hauptgebäude angekommen waren. Dann zeigte er mit der Hand in eine bestimmte Richtung. «Das andere Ende des Regenbogens sollte dann gemäß meinen Berechnungen ungefähr zwei Kilometer weiter vorne sein. Seid ihr bereit für ein kleines Experiment?»

Ohne eine Antwort abzuwarten, öffnete Mirabel die unscheinbare Schachtel. Darauf prangte mit großen Leuchtbuchstaben das vielversprechende Logo des Absenders: *Adalberts Regenbogenfabrik.*

Zum Glück kannte sich der alte Fuchs Mirabel mit solchen Dingen aus, da er die sagenumwobene Regenbogenfabrik höchstpersönlich schon einmal besucht hatte. Fröhlich pfeifend entnahm er die mitgelieferte Fernbedienung aus dem Paket und drückte souverän die erforderlichen Tasten auf dem kleinen Bildschirm. Die Bedienungsanleitung las er erst gar nicht durch. Dann war es endlich so weit, dem großen Moment schien nichts mehr im Wege zu stehen.

Wie durch Zauberhand entstieg der Regenbogenbox eine zunächst milde, farbige Nebelschwade. Nach und nach wurde diese herrlich duftende Farbwolke immer kräftiger, und schließlich konnte man langsam, aber sicher tatsächlich die Form eines wunderschönen Regenbogens erkennen. Währenddessen fummelte Mirabel mit geradezu kindlicher Freude weiter an der Fernbedienung herum.

«So, die Grundstruktur hätten wir schon mal», grinste er mit leuchtenden Augen, «jetzt ist es an der Zeit, das große Finale einzuläuten.»

Auf einen weiteren Knopfdruck breitete sich die unwiderstehlich nach Vanille und Schokolade duftende Zauberwolke immer weiter aus, bis sich allmählich ein prächtiger Regenbogen herauskristallisierte.

«So, zur Feier des Tages machen wir das Ganze jetzt noch ein bisschen multidimensional», quietschte der überaus enthusiastische Erfinder vor Freude. Einen Knopfdruck später breitete sich der eben noch halbwegs normale Regenbogen auf eine fast schon lebendig pulsierende Weise aus, sodass die traumhaft schöne Farbkomposition mit ständig wechselnden Farbnuancen alles und jeden einhüllte.

Mit anderen Worten, nun wurde plötzlich der gesamte Raum mit den wundervollsten Farben durchflutet. Der Regenbogen war jetzt nicht mehr auf seine ursprüngliche Form begrenzt, sondern die ganze Raumstation hatte sich buchstäblich in ein einziges, gigantisches Farbenmosaik verwandelt. Es fühlte sich nicht nur so an, als ob man sich mit allen Sinnen mittendrin befand, sondern es war wirklich auch so.

Dieses wahrhaft paradiesisch anmutende Schauspiel lockte, wie erhofft, innerhalb kürzester Zeit unzählige Menschen aus ihren künstlich beleuchteten Unterkünften hervor. Schon bald hatten sich sämtliche Bewohner von Delphinus überall versammelt, um dieses vermeintliche Wunder mit eigenen Augen zu sehen. Ja, sie tauchten im wahrsten Sinne des Wortes mit Leib und Seele in diesem magischen Regenbogen ein, um ein erfrischendes Lichtbad zu nehmen. Und dann erst noch eines, das unwiderstehlich nach Vanille und Schokolade duftete. Doch es sollte noch besser kommen.

«Hier, mein lieber Junge», sagte Mirabel zu Pan und drückte ihm vertrauensvoll die Fernbedienung in die Hand. «Wenn du möchtest, kannst du mal die interaktive Taste oben rechts betätigen und schauen, was dann passiert.»

Der hocherfreute Pan ließ sich natürlich nicht zweimal bitten, denn so ein tolles Spielzeug wie dieses hier hatte er in der Tat noch nie gesehen.

Kaum hatte er die Taste betätigt, sprühten aus dem multidimensionalen Regenbogen Tausende von bunt glitzernden, kleinen Sternchen heraus und perlten auf die staunenden Menschen herab. Als wäre dies nicht schon genug gewesen, ertönten zusätzlich zu diesem märchenhaften Sternenregen ätherische, engelhafte Sphärenklänge. Diese erhebende, symphonische Zaubermusik schien direkt aus den kleinen Sternen zu fließen, aber man konnte es nicht genau feststellen.

Jedenfalls wurden dadurch die verschiedenen Farben des Regenbogens auf unerklärliche Weise in Töne umgewandelt und vereinigten sich zu einer harmonisch schwingenden Farbkomposition. So verwandelte sich diese normalerweise etwas klinisch-sterile Raumstation im Handumdrehen in ein unbeschreiblich farbenprächtiges, kleines Paradies, wo man aus dem Staunen nicht mehr herauskam. In diesem einzigartigen Moment waren alle Anwesenden so glücklich, dass sie ihr zerstörtes Heimatdorf auf der Erde für eine Weile vergaßen.

Mirabel, Luna, Pan, Tim und Mandy spazierten unterdessen Hand in Hand durch die Raumstation und genossen das himmlische Spektakel in vollen Zügen.

Kurz bevor sie das andere Ende des Regenbogens erreichten, geschah wieder einmal etwas Unerwartetes. Und zwar erblickten sie inmitten von goldenen und purpurnen Strahlen zwei Menschen, die trotz all der Magie um sie herum irgendwie einen traurigen Eindruck erweckten. Luna und Pan jedoch erkannten natürlich sofort, um wen es sich dabei handelte.

«Mama, Papa», riefen sie im Chor und rannten sogleich los, um ihre Eltern nach so langer Zeit und so vielen Abenteuern endlich wieder in die Arme zu schließen.

«Luna? Pan? Aber ... wie ist das möglich?», stammelte die Mutter ungläubig. Doch die völlig überrumpelten Eltern realisierten ziemlich schnell, dass es sich tatsächlich um ihre beiden verschollen geglaubten Kinder handelte.

Schluchzend vor Freude und Erleichterung umarmte sich die wiedervereinte Familie, umgeben von den herrlichsten Farben, Düften und Klängen.

«Das Wunder am Ende des Regenbogens», seufzte Tim gerührt, während er sich verstohlen eine Träne aus den Augenwinkeln wischte. Mandy, die direkt neben ihm stand, legte ihm liebevoll den Arm um die Schultern.

«Ohne dich wäre das alles nicht möglich gewesen», hauchte sie ihm zärtlich ins Ohr, «obwohl nicht beabsichtigt, hast du durch deine Selbstlosigkeit so vielen Menschen hier Freude bereitet. Für mich bist du ein wahrer Held, auch wenn das sonst niemand zu bemerken scheint.»

«Wir können alle Helden sein», lächelte Tim melancholisch. «Selbst, wenn es nur für einen Tag ist.»

Epilog

Von diesem Tag an waren Mandy und Tim unzertrennlich. Dank ihrer zutiefst aufrichtigen, edlen und romantischen Freundschaft erlebten sie gemeinsam noch viele weitere Abenteuer. Nachdem sie ein paar Wochen auf Mirabels Raumstation verbracht hatten, kehrten sie zusammen mit den anderen Bewohnern von Delphinus in ihr vom Sturm zerstörtes Dorf auf der Erde zurück. Dort halfen sie nicht nur fleißig mit beim Wiederaufbau, sondern errichteten zugleich auch für sich selbst ein hübsches, kleines Häuschen im Grünen.

Pan wurde ein paar Jahre später ebenfalls Erfinder, wie sein großes Vorbild Mirabel Mondschein. Und auch Luna machte ihre Berufung später zum Beruf. Aus ihr wurde eine angesehene, berühmte Forscherin und Entdeckerin, welche die bisher bekannten Grenzen im Weltall neu definierte. Denn für Luna hatten sowieso noch nie irgendwelche Grenzen existiert.

So schrieben im Laufe des Lebens also alle ihre ganz persönlichen Geschichten, in denen jeder auf seine ganz individuelle Weise zum Helden, beziehungsweise zur Heldin, wurde.

Und genauso wie unsere Freunde in dieser Geschichte, kann auch jeder Mensch auf irgendeine Art und Weise ein Held im alltäglichen Leben sein. Auch du, der dies gerade liest! Jede einzelne Wahl, die wir treffen, und möge sie noch so banal sein, trägt etwas dazu bei.

22.5

Eine halbe Kurzgeschichte

In dieser halben Kurzgeschichte geht es um eine Fichte, die vermisste ihre abenteuerlustige Nichte. Ausgerüstet mit Seil und Beil machte sie sich auf die Suche nach dem Teil. Der Weg war lang und steil, das fand sie nicht so geil. Am Fuße von einem großen Berg traf die Fichte zufällig einen ziemlich aufgebrachten Zwerg.

«Ich bin der Fichten-Vernichter», sprach der selbsternannte Richter, «und werde alle Fichten restlos vernichten. Außerdem hasse ich halbe Kurzgeschichten.»

«Bist du nicht ganz dicht, du kleiner Wicht?», erwiderte der dürre Baum. «Diese Entscheidung ist wohl nicht sehr gescheit, denn uns Fichten trifft keine Schuld für deine Unzufriedenheit.»

«Aber ich habe meine Mütze verloren, seitdem habe ich ständig kalte Ohren. Und die Mütze wird erst im zweiten Teil der Geschichte gefunden, denn man hat mich an einen Fluch gebunden», meinte der Zwerg frustriert.

«Diesen Fluch las mir der fiese Eunuch bei einem Besuch aus seinem Zauberbuch. Tief im Wald wohnt dieser Zwergenschreck, der frisst uns Zwerge mit seinem Silberbesteck. Auch mich wollte er verspeisen, deshalb muss ich jetzt von hier verreisen. Aber ohne

Mütze fühle ich mich wie eine Pfütze ohne Stütze.»

«Ach, verzapf doch nicht so eine Grütze. Wenn ich dich unterstütze, dann finden wir sie bestimmt, deine blöde Mütze.»

«Okay, in diesem Fall verzichte ich auf den zweiten Teil der Kurzgeschichte und vernichte keine einzige Fichte, auch nicht deine Nichte.»

«So gefällst du mir schon besser, du schräger Zwerg. Komm jetzt, steigen wir hinauf auf den Berg. Die Zeit ist nämlich bald abgelaufen, das wirft meine ganzen Pläne über den Haufen.»

So fanden die beiden in dieser halben Kurzgeschichte weder Michte noch Nütze, äh, Stütze noch Pfütze, ich meine natürlich: weder Nichte noch Mütze.

Aber egal, auch wenn dies alles überhaupt keinen Sinn ergibt und sich der fiese Eunuch über seinen zwergenhaften Fluch-Versuch auf seinem selbstgestrickten Badetuch heimlich ins Fäustchen lacht – Hauptsache, es hat Spaß gemacht. :-)

Autor

Roger Kappeler erkannte bereits in der Schulzeit, dass seine blühende Fantasie bisweilen mit ihm durchgeht. Das Schreiben fiel ihm nie besonders schwer. Während einer sechsmonatigen Indienreise entstanden erste Ideen, aus denen schließlich die Starchild-Terry-Geschichten hervorgingen.

Wie viele Autoren stand auch er vor der Wahl, sich anzupassen oder bei dem zu bleiben, was ihn als individuellen Autor auszeichnet. Er entschied sich – wie sollte es anders sein – für die Individualität und riskierte damit, dass manche Leser seine Werke zerreißen würden, hoffte jedoch, dass die auf seine Merkmale abgestimmte Lesergruppe größer wird und ihm treu bleibt, solange er sich selbst treu bleibt.

Seine Zeilen sind gepaart mit humoristischem, zuweilen flapsigem, der Alltagssprache entlehntem Stil, welcher das stetige Element aller seiner Geschichten darstellt, aber natürlich auch substanzielle Themen des Lebens und Gedanken enthält.

Auf www.rogerkappeler.ch findet ihr mehr über Rogers Fantasy-Geschichten.

Bisher von Roger Kappeler erschienen

(die neusten Bücher zuerst)

Freiheitliche Kurzgeschichten (4. Sammelband)
Kurzgeschichten für stürmische Zeiten
  (3. Sammelband)
Ein magischer Zaubertopf voller Kurzgeschichten
  (2. Sammelband)
22 (und eine halbe) fantastische Kurzgeschichten
  (1. Sammelband, Neuauflage 2024)
Autobiographie aus dem Jenseits
Das grosse Werk (Neuauflage 2024)
Anubis – Allein gegen die neue Weltordnung
Delia – Zwischen den Welten (Neuauflage 2024)
Der Fluss des Lebens (Neuauflage 2024)
Die Pforte von Nebadon (Neuauflage 2024)
Zürich – magic happens (Neuauflage 2024)
Hasret – Lady in Black (Neuauflage 2024)
Mein letzter Tag auf der Erde (Neuauflage 2024)
Das ewige Abenteuer (Neuauflage 2024)
Starchild Terry II – Melinda
Starchild Terry

Als E-Books & Taschenbücher erhältlich,
mehr Infos auf

www.rogerkappeler.ch